"만약 어떤 꿈이든 이루어진다면, 무엇을 하고 싶어?"

4명의 우리 가족, 정신없이 바쁘지만 행복한 나날을 보내고 있던 30대의 어느 여름날.
아내와 농담 반으로 나눈 이야기가 모든 것의 시작이었다.

음, 어떤 꿈이든 이루어진다면…
가족과 함께 세계일주를 하는 것, 근사하지 않아?

세계 곳곳을 여행하며 맛있는 것을 이것저것 먹고 말이지.
가족 모두가 세계의 대자연에서 뒹굴며 다양한 삶을 느끼게 된다면 정말 멋질 거야.
가고 싶은 섬과 해변도 잔뜩 있고 여러 세계유산도 보고 싶어.

이런 이야기를 주고받는 동안
어느새 우리는 정말로 떠나고 싶어졌다.

가족과 함께하는 세계일주라니. 정말 가고 싶다!
몇 년간 열심히 일해서 돈을 모아야지.
그래도 부족한 부분은 여행을 하면서 계속 일할 수 있도록 지금부터 준비해두면
아마 어떻게든 될 거야.
아이들에게도 세계일주의 경험은 초등학교 입학이 몇 년 정도 늦어지더라도
인생에 있어서 전혀 문제될 것 없어!

사야카, 우리 정말 떠나버릴까?

정오가 지날 무렵의 망상은 어느 사이에 현실로 바뀌었다.
그로부터 몇 년에 걸쳐 작전회의를 반복하며
그렇게 우리는 세계일주를 준비했다.

먼저 평소의 생활비를 절약하여 여행 자금을 모으며
앞으로 세계 어디에 있더라도 일을 계속할 수 있는 틀을 갖추었다.
그리고 비자나 예방주사 등 필요최저한의 여행 절차를 밟고
집을 처분하고 가재도구는 창고에 보관해두고 들고 갈 짐은 최소한으로 정리했으며
아이들이 입학하기로 되어 있던 초등학교에 연락하는 일도 끝내고서…

2008년 11월 23일. 10주년 결혼기념일 3일 뒤.
나, 아내 사야카, 6살 아들 우미(바다), 4살 딸 소라(하늘).
4명의 우리 가족은 그렇게 세계일주를 시작했다.

하와이, 북미, 중남미, 남극, 오스트레일리아, 아시아, 유럽, 아프리카, 일본…
각자 큰 배낭을 짊어지고서
비행기, 배, 기차, 버스, 캠핑카 등을 갈아타며
마음 닿는 대로 가족과 함께 세계를 방랑한, 약 4년간의 FAMILY GYPSY DAYS.

"FAMILY GYPSY"
THE WORLD JOURNEY WITH FAMILY
"2009-2013"
TAKAHASHI FAMILY
Ayumu, Sayaka, Umi, Sora Takahashi
"LIFE IS A JOURNEY WITH LOVE & FREE"

FAMILY GYPSY

THE WORLD JOURNEY WITH FAMILY

WRITTEN BY AYUMU TAKAHASHI

HAWAII, NORTH AMERICA,
SOUTH & CENTRAL AMERICA,
AUSTRALIA, ASIA, EUROPE, AFRICA,
JAPAN...

CONTENTS ······ 차 례

COLOMBIA
VENEZUELA
TRINIDAD
PERU
BRAZI
BOLIVIA
CHILE
PARAGUAY
ARGENTINA
URUGUAY
FALKLAND Is.
POLITI
SOUTH
ALASKA
(U.S.A.)
CANADA
UNITED STATES
OF AMERICA
MEXICO
CUBA
JAMAICA
HONDURAS
NICARAGUA
PANAMA
RUSSIA
Bering Sea
Chukchi Sea
ALASKA
ICELAND
IRELAND
UNITED KINGDOM
NORWAY
SWEDEN
DENMARK
FRANCE
SPAIN
PORTUGAL
GERMANY
POLAND
BELARUS
UKRAINE
ITALY
ROMANIA
NEW ZEALAND

Prologue
Ayumu Takahashi

울고, 웃고, 싸우고, 부둥켜안고,
사고 나고, 아프고, 바가지를 쓰고, 도난당하고,
그야 뭐 여러 가지 일이 있었지만.

마음 한가운데는 언제나 심플했다.

'세상에는 다양한 사람이 있는 만큼 다양한 일도 일어나는 거야.'
그렇게 생각하며 새로운 문을 열어나가고 싶을 뿐.

'세상은 정말 아름다워. 살아간다는 건 대단한 일이야.'
그렇게 느낀 순간을 한 명이라도 더 많은 사람과 나누고 싶을 뿐.

인생을 80년이라고 한다면 앞으로 남은 40년이라는 시간.
하고 싶지 않은 일을 하고 있을 여유 따윈 없다.

언제나 뜨거운 벌레로.
언제나 즐거운 여행자로.
정말로 소중한 것만을 주머니에 넣어
걷고 싶은 길을 멈추지 말고 걸어가자.

이런 마음을 담아.

여행을 사랑하는 사람. 가족을 사랑하는 사람.
그리고 자유를 사랑하는 사람에게 이 책을 보냅니다.

HAWAII
Journey 1
Hawaii
Kauai
Niihau
Oahu
Molokai
Lanai
Maui
Kahoolawe
The Hawaiian
Islands
Kauai
Niihau
Oahu
Molokai
Lanai
Maui
Kahoolawe
The Hawaiian
Islands
Hawaii
(The Big Island)
ISHIGO'S
SINCE 1910
8

aii's Best Shave
Aloha
GENERAL
STORE
HALEIWA
NORTH
SHORE
MARKETPLACE
HAWAII
FEED
HE BIRDS!

Let's Start World Journey!

세계일주, 어디서부터 시작할까?
아프리카? 아마존? 티베트?
어차피 모험을 좋아하니까 처음부터 멀리 날아갈까?

아냐, 아이들도 있는데 처음부터 갑자기 무리하면 안 돼.
아내 사야카는 한껏 신나서 말하는 내 제안을 가볍게 거절.

가족이 함께하는 첫 해외여행이고 하니까
아무래도 시작은 지내기 편한 곳이 어떨까?
필요한 것이 있을 때 바로 살 수 있는 곳이 좋고.
그렇다면 역시 하와이가 좋지 않을까?
하와이에서 느긋하게 지내면서 앞으로의 계획을 세우고 싶어.

사랑하는 아내의 이런 요구도 있고 해서
세계일주의 시작은 하와이로 결정!

아이들은 가족이 함께 여행을 간다는 사실만으로 싱글벙글.
하와이라면 치안도 좋고 일본어로도 대부분 통하니까 전혀 걱정할 필요 없이
가족 모두 기분 좋게, 편안한 마음으로.

세계일주 여행은 이렇게 폭신폭신 부드럽게 시작되었습니다.

NO RAIN, NO RAINBOW.
비가 내리므로 무지개도 뜬다.

이렇게 멋진 하와이의 정신을 늘 가슴에 품고서.

WAIKIKI - OAHU, HAWAII 와이키키/오아후 섬, 하와이

"White & Flat"

먼저 와이키키의 콘도미니엄에 체크인.

테라스 너머의 세상에 갑자기 기분이 최고조로 오른다.

아내와 아이들이 시차 적응 탓에 침대에서 뒹구는 동안
멍하니 혼자만의 시간을 가졌는데
아무것도 하지 않은 채 바다를 바라보며 보내는 게 대체 얼마만인가.
아름다움에 감동해버렸다.

여지껏 아름다운 바다와 하늘과 구름을 수없이 봐왔지만
이렇게까지 마음에 스며드는 것은 분명 내 마음이 열려 있는 까닭이겠지.
뭐랄까, 좋은 의미로 마음이 투명해지는 느낌이다.

두근거림을 감지하는 센서도 모두 열려
즐거운 일을 속속 발견할 것 같은 예감이 든다.

바쁜 일상 속에 있다 보면 자신도 모르는 사이 잃어버리기 십상인데
역시 상쾌한 기분으로 새로운 것을 받아들이는 시간이
인생에는 꼭 필요하다.

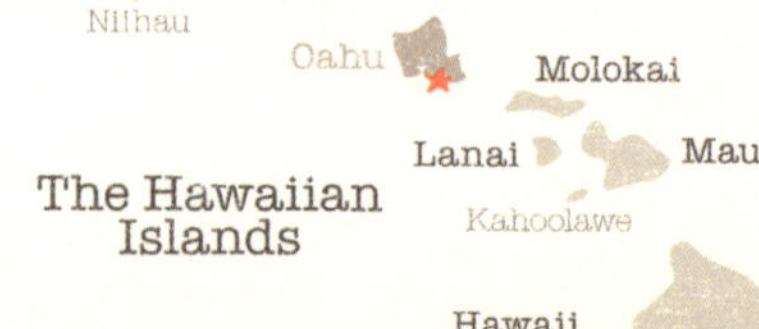

WAIMANALO - OAHU, HAWAII 와이마날로 / 오아후 섬, 하와이

"Beach Time"

오아후 섬에는 아름다운 해변이 많이 있는데
우선은 가장 좋아하는 와이마날로 비치로.

현지인 아저씨가 팔고 있는 야자열매를 쪼개
신선한 코코넛 워터를 마시며 하얀 열매를 먹고 있으니
정말이지 하와이에 왔다는 실감이 몸 전체에 가득 차오른다.

어느 때고 오더라도 사람이 드문 탓에 조금 쓸쓸하기도 하지만
나는 이 해변의 나무 그늘 아래에 한가로이 드러누워
로컬 뮤지션 'IZ'의 노래를 들으며 책을 읽는 시간이 좋다.

덧붙이자면 라니카이 주스의 아사이 볼과
레오나즈 베이커리의 말라사다를 먹으며 여유를 즐긴다면 완벽.

오래전 우디 거스리*라는 멋진 유랑 뮤지션이
"미국의 다리 아래서 자는 잠은 더없이 황홀하다"고 말했는데…
"세계 해변의 나무 그늘 아래서 자는 잠은 더없이 황홀하다"고
언젠가 나도 말할 수 있는 날이 오면 좋겠다.

*Woody Guthrie, 미국의 포크송 싱어송라이터.

WAIKIKI - OAHU, HAWAII 와이키키/오아후 섬, 하와이

The Hawaiian Islands

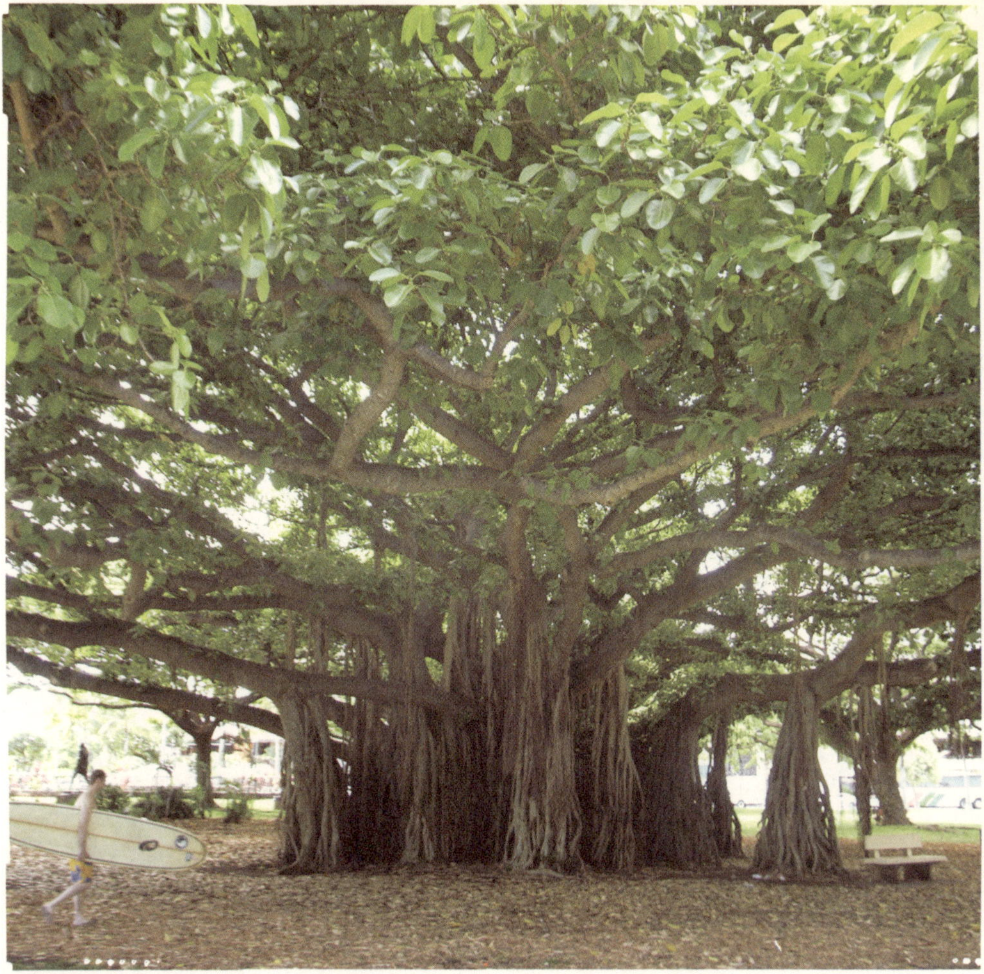

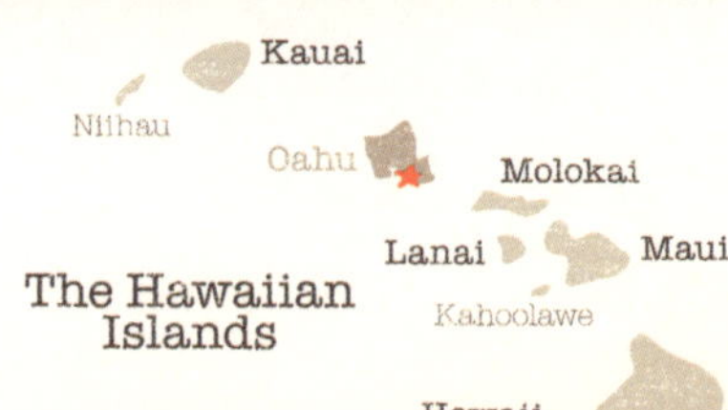

"Open Your Eyes"

하와이는 바다도 최고지만 '나무'도 환상적이다.

특히 오키나와로 말하자면 가쥬마루*가 좋다.
뭐랄까, 따뜻하고 거대하고 아름다운 것이 인간세계를 넘어섰다고나 할까.
보는 것만으로 이 신적인 존재감에 압도된다.

나는 원래 나무에 아무런 흥미가 없었는데
나무 위에 집을 짓는 사람과 만나게 된 것을 계기로
'나무'가 시야에 들어오게 되었다.

"우와, 저 나무 멋지네! 하하, 이 나무도 재미있네!"
새삼스럽게도 갑자기 지구상에 나무가 늘어난 감각에
어느 곳을 다녀도 나의 눈에 뛰어들었다.

눈에 비치는 세계는 누구와 만나는가에 따라 변하는가 보다.

인간은 머릿속에서 무의식적으로
자신의 눈에 비치는 것을 컨트롤하고 있는 것이다, 아마도.

그러니까 안테나를 전부 열어 새로운 사람, 새로운 세계와 많이 만나
눈에 비치는 세계를 보다 다채롭게 만들어나가고 싶다고 생각했다.

머릿속에서 즐거운 것, 재미있는 것, 아름다운 것, 이상한 것들이
언제나 여기저기 자유롭게 춤추며 돌아다니는 느낌이랄까?
그런 느낌으로 일생을 살고 싶다.

*열대·아열대에 분포하는 뽕나뭇과의 상록 교목.

WAIKIKI - OAHU, HAWAII 와이키키/오아후 섬, 하와이

"Aloha Spirits"

섬을 드라이브하고 있을 때, 북부 시골의 한 해변에서 바다거북과 조우.
이렇게나 아무렇지도 않게 돌아다니고 있는 모습에 조금 놀랐다.

현지 하와이안이 "호누, 호누"라고 말하기에 무슨 소린가 했더니
그들의 언어로 바다거북을 '호누'라고 부른단다.

바다는 '카이'. 하늘은 '라니'.
무지개는 '아누에누에'. 저녁놀은 '나포오'.
가족이나 친구는 '오하나'.
돌고래는 '나이아'. 참치는 '아히'.
하와이 주의 주어(州魚)의 이름은 '후무후무 누쿠누쿠 아푸아아…'란다.

발음이 어쩐지 재미있다고 할까, 귀여웠다고 할까.
묘하게 꽂혀서 여러 가지 찾아보기 시작했다.

덧붙여 '알로하'를 찾아봤더니 재미있게도.
안녕하세요. 영원히 안녕. 고마워요. 사랑해요. 신용. 긍지. 지혜. 환영…
등 여러 가지가 쓰여 있어 갑자기 더 이상 의미 불명. 하하.

아마도 알로하의 의미는 하와이의 한가운데에 닿아 있는 부분.
사전을 펼쳐 머리로 이해하는 것이 아니라 몸으로 느끼는 것이다.

지금부터 느긋하게 하와이를 느끼면서
'알로하'의 깊은 의미를 조금이라도 맛보고 싶다.

E'IUA, OAHU
Est 1940
HALEIWA
SODA
Waikiki
HALEIWA OAHU
LOHA

"Sound of Smile"

깔깔, 킥킥, 깔깔, 킥킥…

아이들의 웃음소리가 들린다.

듣고 있으니 왠지
내 마음까지 살포시 행복한 기분으로 넘쳐난다.

아이들의 웃음소리는
어쩌면 세상에서 가장 멋진 소리일지도 모른다.

HALEIWA - OAHU, HAWAII 할레이바/오아후 섬, 하와이

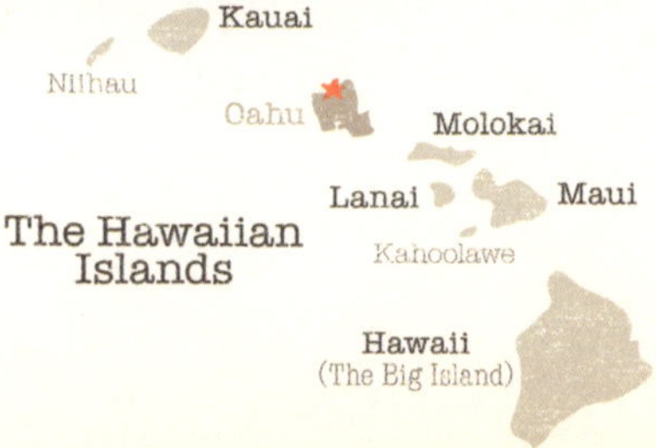

Neo Hippie?

오아후 섬, 노스쇼어에 감도는 히피스러운 향기도 좋다.

그런데 선뜻 '히피'라고는 하지만 도대체 히피가 뭘까?

히피(Hippie)는 전통·제도 등 기성의 가치관에 얽매인 인간생활을 부정하는 것을
신조로 하며, 또한 문명 이전의 야생 생활로의 회귀를 제창하는 사람들을 총칭.
1960년대 후반에 대체로 아메리카의 젊은이들 사이에서 생겨난 운동으로, 후에
전 세계에 널리 퍼졌다. 그들은 기본적으로 자연과 사랑과 평화와 섹스와 자유를
사랑한다고 기술되어 있다. /wikipedia

음. 그런 거라면 나도 거의 히피다!

다만 내 경우는 '문명 이전의 야생 생활'로 돌아가고 싶은 것이 아니라
모처럼 21세기에 살고 있으니까 최신 문명 도구를 실컷 이용하면서
자연에 둘러싸인 장소에서 자연을 해치지 않으며 자유롭고 쾌적하게 살고 싶다.

앞으로 그런 네오 히피랄지, 보헤미안이
점차 늘어난다면 즐거울 텐데.

바다든 산이든 자신이 좋아하는 자연 속에서 가족이나 친구와 기분 좋게 살면서
컴퓨터나 휴대용 기기 등의 도구를 잘 사용하여 일도 확실하게 해나가며
마음이 향하는 대로 발걸음 가볍게 세계를 돌아다니면서
가슴에 넘치는 LOVE&PEACE 메시지를 발신하는 사람이 말이지.

하고 싶은 일='직업'으로 일을 선택하는 것이 아니라
이런저런 생활이 가능한 일='생활방식'을 고려해서 일을 선택한다. 만든다.
앞으로 일을 찾는 사람은 이런 시점에서 생각하는 것도 유쾌하리라 생각한다.

KILAUEA VOLCANO - BIG ISLAND, HAWAII 킬라우에아 화산 / 하와이 섬, 하와이

Big Island!

오아후 섬의 호놀룰루에서 비행기로 약 40분.
세계에서 가장 새로운 섬, 하와이 섬(통칭: 빅아일랜드)으로.

지리적으로는 이제 갓 태어난 아기 같은 섬으로
지금도 킬라우에아 화산이 분화하고 있고 마그마가 바다로 흘러들어
섬 전체의 면적이 확대되고 있다고.
이 사진이 킬라우에아 화산의 마그마가 바다로 흘러들어가고 있는 모습이다.

하와이는 1년 내내 여름이라는 이미지와는 전혀 다르게도
눈이 쌓이는 고산부터 열대우림, 해변, 사막, 초원, 용암대지 등
하나의 섬 안에 자연의 변화가 굉장하다.

기후적으로도 지구상에 존재하는 13종류의 기후대 가운데
사하라 기후와 북극 기후를 제외한 11종류의 다양한 기후대를 가진 세계 유일의 섬.
마치 하나의 조그마한 섬에 지구가 가득 차 있는 것 같다.

아침에는 바다에서 돌고래와 서핑, 점심에는 설산에 올라 스노보드,
저녁에는 사막 트레킹. 이 모든 것이 실현되는 섬.

이런 섬이기에 살고 있는 사람도 당연히 어딘가 색다르고 재미있는 사람들뿐이고,
세계 최대의 훌라 축제인 '메리 모나크(Merrie Monarch)'가 개최되는 섬이기도 하고,
블루마린 낚시(거대 청새치 낚시)의 세계대회가 열리는 섬이기도 하고,
세계 3대 커피인 '코나 커피'의 산지이기도 한… 뭐, 나열하자면 끝이 없다.

오랜만에 정말로 넋을 놓았던 이곳.
하와이에 갈 기회가 있다면 부디 발걸음을.

WHITE SANDS BEACH - BIG ISLAND, HAWAII 화이트 샌드 비치 / 하와이 섬, 하와이

"Ocean and Sky"

하와이 섬 해변에 나체족 출현!

"수영복 안 입을 거야?"
"응? 왜?"
"왜라니? 보통 당연히 수영복 입잖아."
"당연한 게 뭐야? 아무도 없고 괜찮잖아. 맨몸이 기분 좋고 말이야!"
"그야 뭐, 그렇기는 하지만…"
"Yeah-! 알몸맨이다-! 좋아, 가자!"

이런 대화를 나누며.

오늘도 큰 바다와 하늘 아래서
작은 '우미(바다)'와 '소라(하늘)'와 함께 평화로운 하루를 보내고 있습니다.

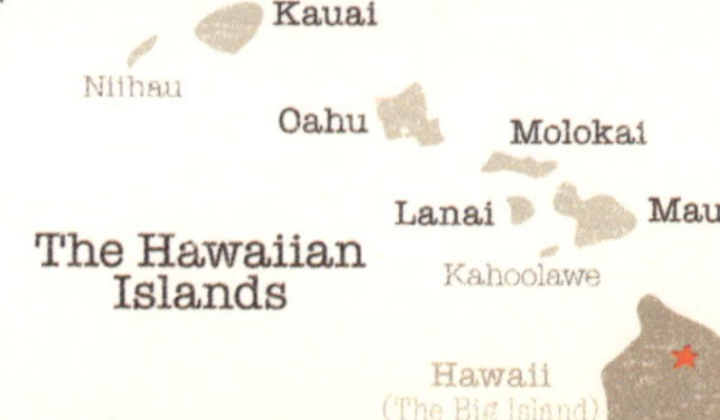

MAUNA KEA - BIG ISLAND, HAWAII 마우나케아 / 하와이 섬, 하와이

"Respect Nature"

하와이 섬의 자랑인 빅 마운틴,
마우나케아(Mauna Kea, 4,400m)의 정상.
이 산은 해저부터의 높이(10,203m)로 말하면 세계에서 가장 높은 산이다.

사방이 구름의 바다에 둘러싸여
세계 각국이 자랑하는 천체망원경이 늘어서 있는 천공의 비경.

그렇다고는 해도 산꼭대기의 기온이 낮아서 어찌나 춥던지.
하와이에서도 영하의 날씨는 목이 움츠러든다.

전망대에서 본 별이 총총한 하늘.
정말이지 압도적이다. 지금까지의 인생에서 분명 세계 제일이다.
사하라 사막을 넘어섰다.

나와 아내 사야카는 들뜬 마음에 흥분을 감추지 못했다.
하지만 아들 우미는 무한히 펼쳐진 별이 빛나는 하늘을 바라보며
"무서워…"라고 중얼거렸다.

그 당시엔 "무섭지 않아. 한번 봐봐, 얼마나 아름답다고~"라고 말하고 말았지만,
시간이 지나고 문득 생각했다.

정말로 위대한 자연과 맞닿았을 때 '무서움'을 느낀다는 것.
어쩌면 그것이 인간으로서 마땅한 모습일지 모른다.

KEAUHOU BEACH - BIG ISLAND, HAWAII 케아우호우 / 하와이 섬 , 하와이

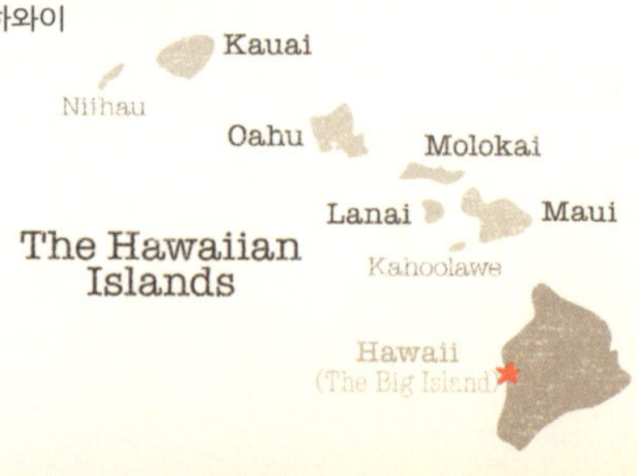

"One"

하와이 섬에서 아이들을 친구에게 맡기고
아내 사야카와 데이트.

"가끔은 둘이서 데이트하고 싶어."
이런 아내의 한마디에 괜스레 기분이 좋아져서.

뭐, 그렇다 해도 실상은 늘
가고 싶은 곳부터 시작해서 오늘의 저녁 식사, 육아 방침에 이르기까지
싸움의 연속이다.

함께 여행을 하면 정말로 뚜렷하게 알게 된다.
나와 사야카는 거의 모든 가치관이 다르다는 것을.
만약 '가치관의 불일치'로 이혼한다고 하면
수백 번도 더 이혼했을 테다.

하지만 괜찮다.
'이번 생애는 끝까지 함께하자'
이 마음만은 일치하기 때문에.

지금까지도, 그리고 앞으로도.
두 사람의 가치관을 포갤 필요는 없다.
그저 천천히 '인생'을 포개어 나가자.

KIHEI - MAUI, HAWAII 키헤이/마우이 섬, 하와이

"Hand to Hand"

마우이 섬으로.
해변가를 따라 열리고 있던 파머스 마켓에서 만난
잼 파는 아주머니.

어쩐지 좋은 공기에 이끌려 여러 가지를 물어봤는데
여기서 팔고 있는 잼, 빵, 쿠키, 주스, 스무디 모두
아주머니가 직접 집에서 기른 채소와 과일, 곡물로 만든 것이란다.

"'국산 것만 사용해요'나 '특산품만 사용해요'라는 말은 자주 들었어도
'집에서 직접 기른 것만을 사용하고 있어요'는 좀처럼 들어본 적 없죠?"

그렇게 말하며 조금은 자신만만하게 웃는 얼굴이 참 귀여웠다.

무슨 일이든 당장에 넓히고 늘리려는 마음으로 행동하는 타입의 나지만
확실하게 말해 그것이 좋다고 단정할 수는 없다.

구태여 모든 것을 자신의 손이 닿는 곳, 얼굴이 보이는 사람들의 범위로 한정해서
착실하게 하나하나 마음을 쏟는다.

심플하게, 천천히, 따뜻하게.
근사하다고 생각했다.

다음날 아침에 먹은 잼에서 아주머니의 맛이 났다.

KIHEI - MAUI, HAWAII 키헤이/마우이 섬, 하와이

Hey! Tom Sawyer!

마우이 섬 키헤이 비치.
나무 위에서 열린 아이들의 비밀 모임 가운데 한 장면을 찰칵.

그런데 우리 아이는 영어를 전혀 못하는데
무슨 이야기를 하고 있었을까?

항상 생각하지만 아이들만의 커뮤니케이션은 정말로 자연스럽다.
어른들이란 어쩌면 그렇게 쓸데없는 것만 잔뜩 생각하나 싶다.
'말이 안 통하니까'라는 거리감은 내가 제멋대로 만들어 내고 있었던 것임을.

음, 톰 소여 같다! 멋지네.
왠지 모를 약간의 질투와 함께 셔터를 누른 아빠였습니다.

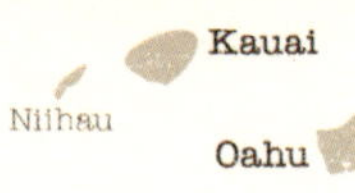

LAHAINA - MAUI, HAWAII 라하이나/마우이 섬, 하와이

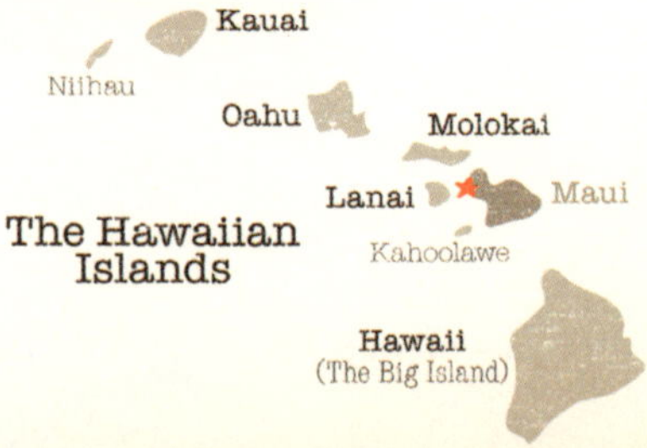

38

"Journey School"

아이를 키우면서 소중하게 여기는 것이 몇 가지 있는데
'무엇이든 직접 만들어 보기'도 그중 하나.

하와이에 와서 몇 번인가 멋진 훌라댄스를 보고서는
딸 소라도 자신의 의상을 갖고 싶어 하는 것 같았다.
그래서 값싼 천을 사와 가위로 싹둑싹둑 자르며
실로 꿰매 붙이고 성가신 부분은 접착테이프로 붙여가면서
겨우 자신의 손으로 완성한 옷을 입고 만족해하는 모습.

만들기나 그리기와 같은 공작뿐만 아니라
국어, 수학, 과학, 사회, 체육, 음악, 실과 등

일반 초등학교에 다니지 않는 우리 아이들에게는
여행이 곧 학교. 그야말로 홈 스쿨이 아닌 '저니 스쿨'이다.

뭐, 조금 더 장황하게 말하자면
지구가 교실! 지구상의 모두가 선생님이자 친구! 같은 느낌으로
여행 안에서 본인이 흥미를 가진 것을
자유롭게, 좋아하는 만큼, 깊이 파고들게끔 도와주면 된다고 생각한다.

사실 그다지 복잡하게 고민하지는 않는다.
가족 모두가 하루하루 즐겁게 보낸다면 그것으로 충분.

bakery

조금 부족해도 괜찮아.

남들과 똑같지 않아도 괜찮아.

진실한 마음, 그걸로 충분해.

WAIKIKI - OAHU, HAWAII 와이키키/오아후 섬, 하와이

"Over the Rainbow"

하와이? 그게 뭐야.
남들 다 가는 그런 관광지는 관심 없어.
이렇게 말하며 피했던 20대의 하와이.

30대를 맞이했을 무렵 아내 사야카의 희망으로 어쩔 수 없이 오게 되어
저기압으로 보냈던 첫날.

석양이 지는 와이키키 해변을, 한 손에 하겐다즈를 들고 맨발로 걸은 순간…

죄송합니다! 한순간에 사로잡히고 말았다.

이후 몇 번이나 하와이를 찾고 있는데
놀랍게도 아무리 가도 질리지 않는다.
질리기는커녕 가면 갈수록 좋아진다.

이번 여행은 가족과 함께 세계일주를 하며 천천히 세상을 둘러본 뒤
앞으로 생활할 곳을 찾아보자는 의미의 여행인데.
지금 당장이라도 부동산을 찾아가고 싶은 심정이다.

하와이가 끌어당기는 힘은 어마어마하다.

Journey 2

NORtH
America

44

ALASKA
(U.S.A.)

GREENLAND

CANADA

UNITED STATES
OF AMERICA

RUSSIA

Bering Sea

Chukchi
Sea

MEXICO

CUBA

WEST
INDIES

JAMAICA

HAITI

DOMINICAN
REP.

BELIZE

HONDURAS

NICARAGUA

COSTA RICA

PANAMA

SOUTH A

ALASKA

Majestic

"To North America"

"가족과 함께하는 세계일주 북아메리카 편은 캠핑카가 어때?"
떠나기 직전에 들은 친구의 한마디가 계기였다.

원래는 재미있을 만한 관광지를 어슬렁어슬렁 둘러볼까
하는 정도의 느낌이었기 때문에 캠핑카 여행은 생각조차 하지 않았다.

캠핑카라. 확실히 유쾌한 여행이 될 것 같다.
하지만 운전이 서툰 내가 트럭 같은 큰 차를 운전할 수 있을까?
게다가 아내 사야카는 도시파라 이런 여행은 별로 안 좋아할 것 같은데.

처음에는 걱정이 많아 그렇게까지 즐길 기분이 아니었지만
미국에서 캠핑카를 대여하고 있는 사람의 이야기를 듣는 사이
어느새 두근두근 설레며 어깨가 들썩여졌다.

불안하긴 해도 좋은 느낌이 드니까 시도해 볼까?
뭐, 우선 타보고 만약 운전이 힘들거나
캠프 생활이 힘들어서 재미없을 경우엔
중간에 캠핑카 여행은 그만두면 되니까.

좋아. 미국, 캐나다, 알래스카.
북미 대륙 여행은 'MOTOR HOME'이라 불리는
대형 캠핑카로 가보자!

GO! ON THE ROAD!

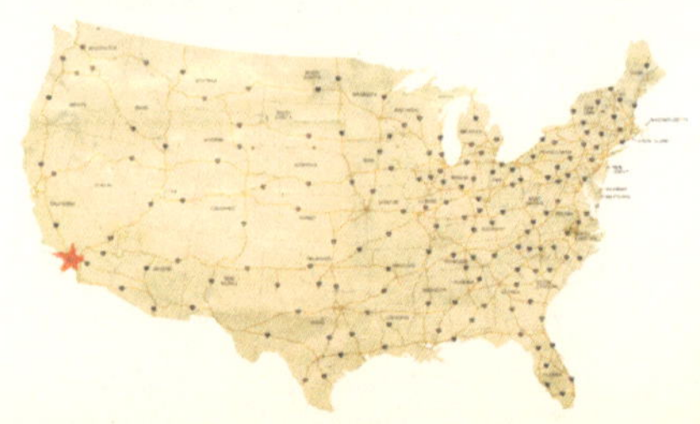

LOS ANGELES, USA 로스앤젤레스, 미국

"Motor Home"

시작은 로스앤젤레스.
도착 즉시 그토록 바라던 캠핑카에 탑승!

길이는 25피트=약 7.6미터.
내부에는 주방이며 침대, 냉장고 등 모든 것이 갖추어져 있다.
굉장하다. 문자 그대로 움직이는 집이다.

상상했던 것보다 몇 배나 더 쾌적해 보여서
아이들은 물론 아내 사야카도 만족한 것 같아 일단 안심.

우선 일본어로 적힌 설명서에 눈을 돌려
배수나 전기 시스템을 이해한 뒤
대형 슈퍼마켓 몇 곳을 돌아 필요한 물품 구비 완료!

거대한 자동차에 자전거, 기타, 낚싯대, 바비큐 세트와 장난감을 한가득 싣고
미국의 대자연을 자유롭고 쾌적하게 즐기는 여행을 꿈꾸며
가족 모두가 들떠 있지만…

이 큰 자동차에 가족을 태우고 수만 킬로미터나 달려도 정말 괜찮을까?
솔직한 이야기로 운전 테크닉 면에서 상당히 불안하다만.

아빠여, 파이팅! 뭐, 식은 죽 먹기일 거야.
이렇게 스스로를 다독이며 애써 기분을 끌어올립니다.

LOS ANGELES, USA 로스앤젤레스, 미국

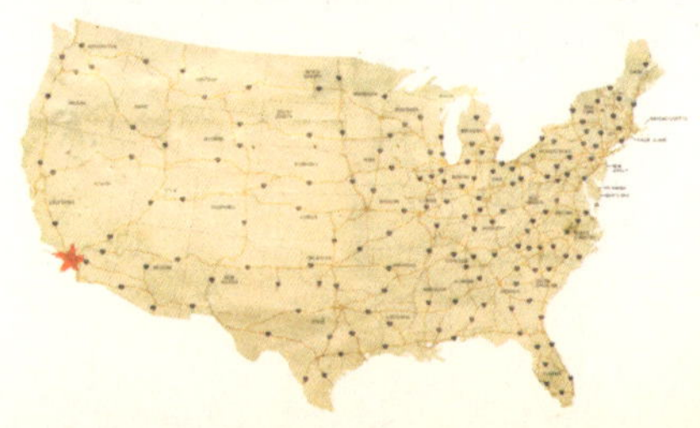

"Moving Mansion"

자동차 내부는 이런 분위기.

바로 앞의 오른쪽에는 4명이 앉을 수 있는 테이블과 접이식 소파.
그리고 테이블 안쪽에는 큰 사이즈의 냉장고.
왼쪽은 주방으로 가스레인지 2대와 전자레인지,
뜨거운 물이 나오는 개수대가 있고 주변 수납도 의외로 잘 정리되어 있다.
왼쪽 안에는 침대가 있고 오른쪽의 문을 열면 화장실과 욕실.
천장에는 에어컨과 TV도 달려 있다.
사진에는 나오지 않았지만 운전석 위에도 다락방 같은 공간이 있어
잠을 자도 되고 짐을 놓는 곳으로도 좋다.

캠프장에 전원이 있기 때문에 전기는 마음껏 사용할 수 있고
전원이 없는 대자연의 황야에서 숙박할 때도 탑재된 발전기 덕에
언제 어디서든 전자제품을 사용할 수 있는 상태다.
'움직이는 원룸 맨션'이라 말하면 이해하기 쉬울까나.

덧붙여서 이 정도는 작은 자동차에 속한단다.
통상적인 사이즈라 불리는 30피트의 자동차는 독립된 침실이 존재하며,
더 큰 사이즈의 경우는 거실과 소파, 시스템키친이 자리한
그야말로 움직이는 '호화 저택' 수준인 것 같다.

마음 내키는 대로 '집'을 이동시키며 가족과 함께 미국을 방랑.
지금까지 몰랐던 새로운 여행 스타일을 만나 한껏 유쾌한 기분.

자, 어떤 일이 일어날까?
다녀오겠습니다!

ARIZONA, USA 애리조나, 미국

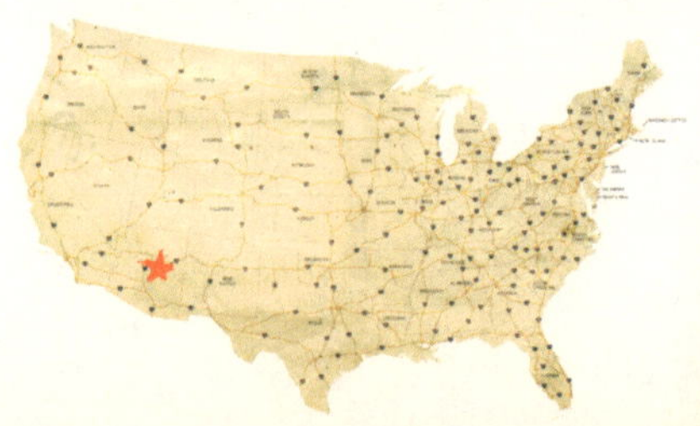

"Stairway to Heaven"

오오-! 영화의 한 장면이잖아!
오래된 로큰롤을 크게 틀어놓고
황량한 대지가 이어진 도로를 따라 동쪽으로 폭주!

이렇게 말해도 운전이 손에 익기까지는 꽤 불안불안했다.
도로는 울퉁불퉁 크게 요동치지,
강한 바람이 불어오면 자연스레 차체가 옆으로 미끄러지지,
아주 큰 트럭이 스쳐지나갈 때엔 어쩐지 빨려 들어가는 느낌이 들고,
줄곧 다음 주유소만이 기다려졌다.

하지만 인간은 적응하는 동물이라 했던가.
처음에는 어떻게 될지 걱정이었지만, 며칠 지나자 어느새 즐기고 있었다.
넓은 길을 정체 없이 달리니 일본보다 편할 정도다.
얼마 전까지만 해도 쩔쩔매던 주제에
이제는 담배까지 피워 물고는 한 손으로 운전하며
"아메리카 트럭 운전수도 괜찮겠네!"라니, 아주 여유만만이다.

일직선으로 이어진 도로를 몇 시간이나 달리고 있으니
왠지 기분이 점점 심플해졌다.

더욱 더 큰 사람이 되기 위해.
편안한 일상의 안락함에 안주하지 말고
새로운 것에 부딪치며 죽을 때까지 배우자!

그런 기분으로 마음이 벅차올라 혼자서 뜨거워졌다.

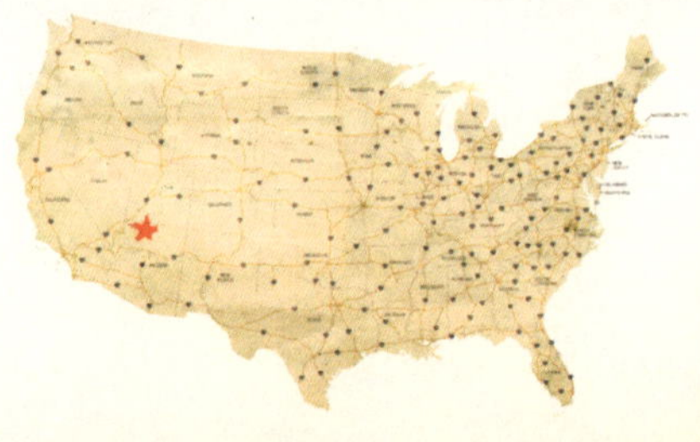

GRAND CANYON, USA 그랜드캐니언, 미국

54

Just Feel It.

그랜드캐니언, 세도나, 앤털로프캐니언,
브라이스캐니언, 모뉴먼트밸리, 자이언, 데스밸리.

미국 서부, 그랜드 서클이라 불리는
신이 연출한 걸작.
수억 년에 걸쳐 지구가 만들어 낸 작품의 보고.

모든 것이 심플하면서도 아름다웠다.
군더더기 없이 기분 좋았다.

균형을 맞추려 하지 않는 것들은
모두 완벽한 균형을 이루고 있다.

생각하지 않아도 좋다.
전하지 않아도 좋다.
그저 느끼는 것으로 좋다.

그렇게 말하고 있는 듯한 기분이 들어 두근거렸다.

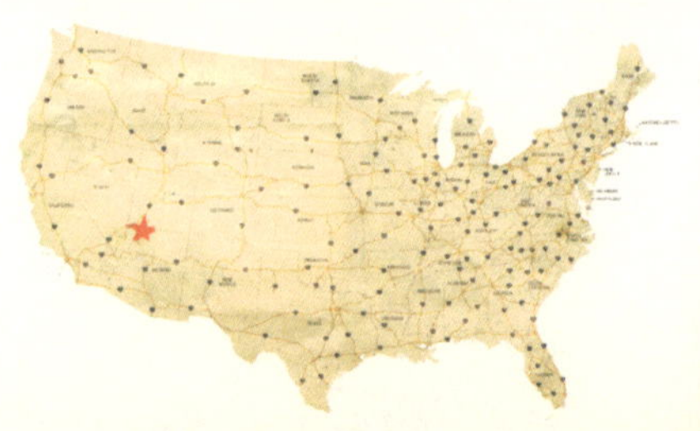

BRYCE CANYON, USA 브라이스캐니언, 미국

ANTELOPE CANYON, USA 앤털로프캐니언, 미국

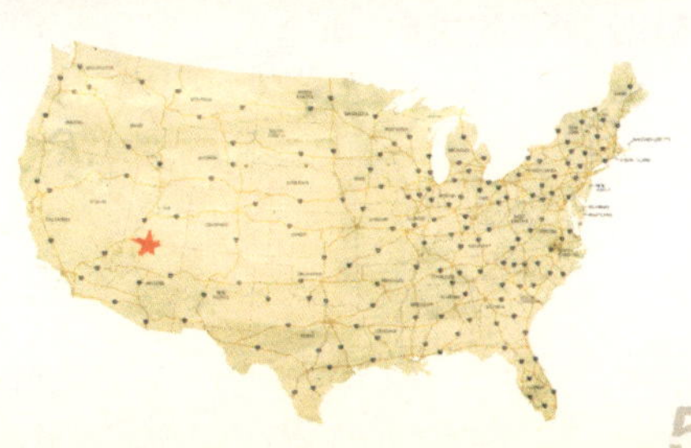

57

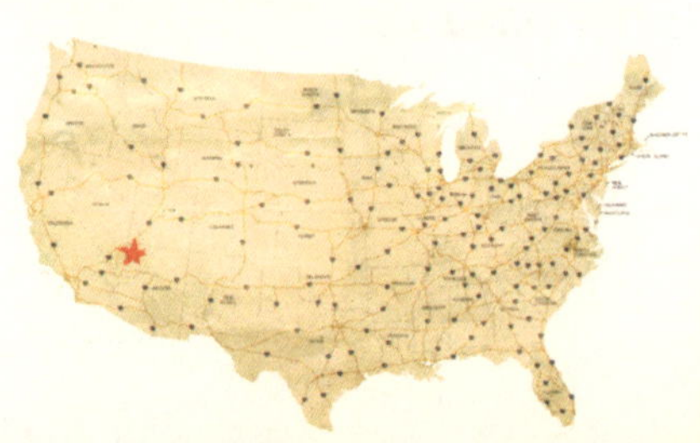

GRAND CANYON, USA 그랜드캐니언, 미국

"Silent Time"

그랜드캐니언 근처의 원시 숲을 산책.

갑자기 엘크와 마주치자 흡! 하고 숨죽이는 아이들.

아주 잠깐이었지만 야생동물과 조용히 마주보며
시간의 흐름이 멈춘 느낌을 받았다.

순간이었던 듯, 영원한 듯
굉장한 시간이었다.

대자연이 건넨 귀중한 1초의 보물.

마음의 서랍에 듬뿍 간직해두자.

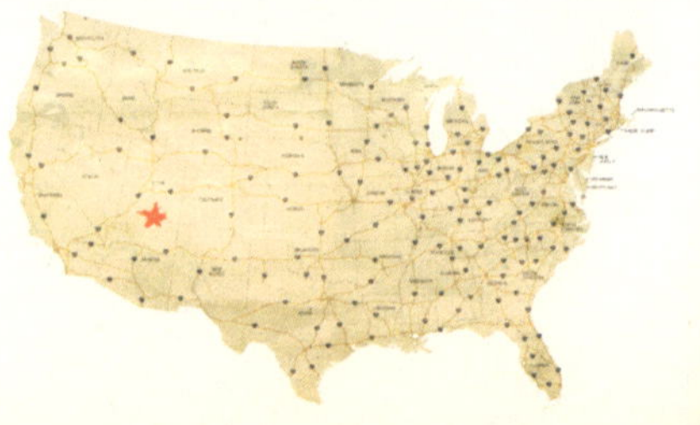

LAKE POWELL, USA 파월 호수, 미국

60

Camping!

광활한 대자연 속을 달리다
마음에 드는 캠핑장을 발견하면 시동을 껐다.

이제는 아빠의 진면목을 보일 수 있는 순서다.
텐트를 치고 모닥불을 피우는 것을 시작으로
나무 타기나 벌레 잡기, 자전거 수리 요령에
낚싯대 만드는 법과 잡은 생선 손질까지…
아이들에게 살아가기 위한 지혜를 가르치며 함께 배워나가는 매일이 즐겁다.

덧붙여 최근의 히트작은 구운 마시멜로!
미국에서는 가족 캠프의 정석으로 여겨지지만 나에겐 첫 경험이다.
사진에서처럼 큰 마시멜로를 철로 된 꼬치에 끼워
불에 구워 먹기만 하면 되는데 이게 참 보통 일이 아니다.
좀처럼 능숙하게 안 되지만, 겉은 바삭바삭하고 안은 말랑말랑하게 완성되면
정말로 맛있다. 응, 푹 빠져들고 말 것!

이것뿐만 아니라 캠프에서의 일상은
나에게 있어서도 모든 것이 '처음'이기 때문에 가슴이 두근거린다.
매일매일 지혜와 기술을 총동원하고
그래도 모르는 것은 밤에 혼자 몰래 검색해서 공부하면서 말이다.

최고의 아빠가 되기 위해서.
오늘도 열심히 하겠습니다!

SEDONA, USA 세도나, 미국

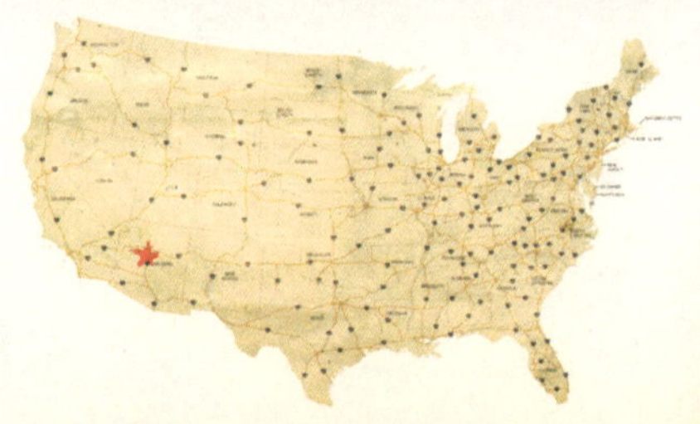

"Image of Happiness"

한밤중 12시.
세도나 캠프장에서 만난 보름달.

가족들은 이미 잠이 들어 혼자서 하늘을 올려다보았다.

밤, 보통 이 시간에는 캠핑카 밖에 책상을 꺼내
바람을 맞으며 자연의 소리를 들으며
책을 쓰거나 메일을 확인하는 일이 많지만.

오늘밤은 어쩐 일인지 바람도 불지 않고 적막함이 감돈다.
보름달만이 오도카니 떠 있는 게, 신비스러운 공기가 짙다.

평소에는 항상 분주하게 돌아다니는 나지만
가끔씩 찾아오는 이런 고요함이 주는 투명한 시간이 정말 좋다.
그럴 때에는 늘 '행복의 이미지'에 몸을 녹인다.

지금은 잘되어가는 일도, 그렇지 않은 일도 이것저것 있지만
앞으로의 인생은 이렇게 흘러간다면 행복할 텐데…
이런 일도 하면서 살아가고 싶고…
뭐랄까, 혼자서 이런저런 생각으로 히죽대며 망상 중인 수상한 사람의 상태다. 하하.

하지만 인생은 의외로 심플해서.
이런 밤에 살포시 그린 행복의 이미지.
그것을 축으로 서서히 나아가는 듯한 기분도 든다.

행복하게 살아가는 데 있어 가장 소중한 것은 무엇일까?

우선은 그것을 소중하게 여기는 것부터 시작하자.

SEDONA, USA 세도나, 미국

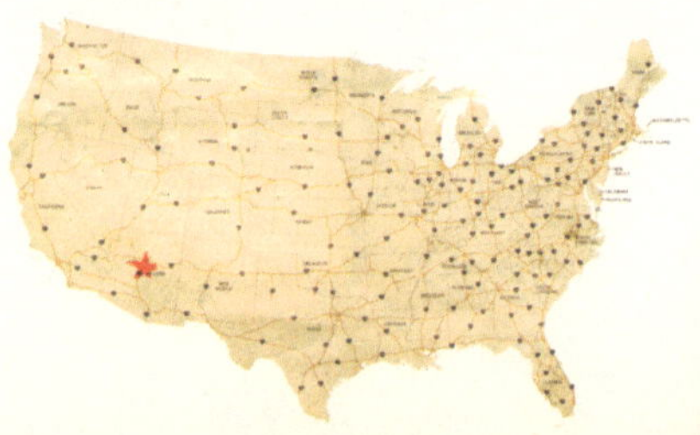

"Woman"

평소에는 조금은 조심스럽게
'당신 생각에 따를게'라고 말하는 성격의 아내, 사야카.

그러나 이 사진은 드물게도
사야카의 '강함'이 담겨 있다.

벌써 10년도 더 된 이야기지만 장남 우미가 태어나기 3일 전
나는 심각한 오토바이 사고로 의식불명의 중태에 빠졌었다.

그때 사야카는 출산 직전의 배를 움켜잡은 채
경찰서와 병원을 오가며 여러 가지로 사고 처리에 힘썼고
나 없이 혼자서 무사히 아들도 출산했다.

시간이 흐르고 그때의 일을 물었을 때, 사야카가 말했다.

"경찰서에서 전화가 와서 병원에 달려가니 의사가 말하는 거야.
당신이 깨어날 확률은 반반이라고.
아유무가 없는 미래를 상상하니 끔찍했지만, 그때 나는 생각했어.
태어날 아기를 위해서 내가 강해져야 된다고.
내 안에 잠자고 있던 무언가가 깨어난 것일지도 몰라."

평소에는 강한 부분은 드러내지 않고 늘 부드러운 느낌의 사야카.
'죽을 때까지 내가 지켜줄 테니까'라고 나는 득의양양하게 말하지만
오히려 보호받고 있는 쪽은 나일지도 모른다.

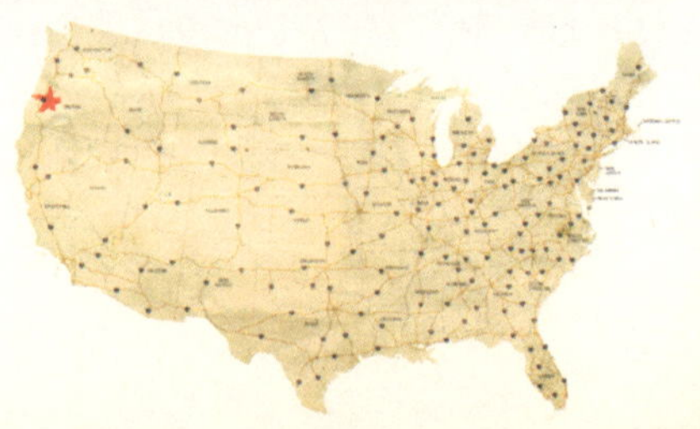

70

"Wild Life"

미국 서부를 북상하며
캐나다·알래스카 방면으로 향하는 대자연 속을 달리다 보니
야생동물과의 만남이 속속 이어진다.

보이는 바와 같이 동물들이 도로변으로 우르르 나온다.
애니메이션에 나올 법한 사슴신 같은 것도 때때로 등장한다.

사진의 말코손바닥사슴을 시작으로 엘크, 버펄로에서
때로는 거대한 곰, 그리즐리까지…
야생동물이 나타날 때마다 우리는 그야말로 대흥분.

하지만 야생동물은 역시 무섭네.
특히 어린 새끼가 있는 어미는 위험하다.
순한 얼굴을 하고 있지만 일정 거리 이내로 가까이 다가가면
어마어마하게 무서운 기운을 뿜는다.

인간은 무기를 가지고 있기에 강할 뿐,
걸음도 느리고 힘도 약하고 피부도 약하며 뼈도 가늘다.
야생의 땅에 맨몸으로 내던져진다면 그저 약한 생물에 지나지 않는다.

그런 것을 실감하며 이상하게 겸허한 기분이 들었다.

"Invisible Frame"

6살 아들, 우미는 레고를 좋아한다.
여행 중에도 캠핑카에 가득 싣고서는 이것저것 만든다.

다만 처음에는 설명서에 적혀 있는 대로 만들지 못하는 자신에게 짜증을 내거나
풀이 죽고 낙심하는 때가 있었다.
그 모습을 보고 말해주었다.

"우미, 완성된 사진이나 설명서대로 만들지 않아도 돼. 다른 사람이 만든 것을 흉내 내지
않아도 괜찮으니까 네가 만들고 싶은 대로 만들어보자."
"웅? 정말 이대로 안 만들고 내 마음대로 만들어도 돼? 에이 뭐야. 알겠어요."

우미는 설명서와 완성 사진이 게재되어 있는 레고 박스를 전부 치웠다.
대화를 계기로 뭔가를 느낀 모양이다.
한 번도 본 적 없는 독창적인 집이나 자동차를 하나둘씩 만들어내기 시작했다.
게다가 레고에 집중하고 있을 때의 표정이 '잘 만들어야만 해'라는 느낌이 아니라
'즐겁고 재미있어'의 느낌으로 바뀌었다.

세상은 알게 모르게 아이들에게 틀을 씌우고 있다.
그것을 하나하나 제거해주는 것 또한 부모의 역할일지도 모른다.

YUKON RIVER, CANADA 유콘 강, 캐나다

"The Yukon"

캐나다, 화이트호스.
아들 우미와 둘이서 카약을 타고 유콘 강을 내려갔다.

아들과 둘이서 유콘.
결혼 전부터 줄곧 동경해오던 세계라
카약을 젓는 내내 소름이 멈추질 않았다.

물고기가 헤엄치고 새가 춤추고 기분 좋은 바람이 스쳐가는 수면에서
우리 두 사람이 노를 젓는 소리만이 파샤, 파샤, 울린다.

동경하던 것이 현실이 되는 순간은
뭐랄까, 굉장히 고요했다.
그리고 굉장히 평온했다.

양손 가득 승리 포즈를 취할 만큼의 격한 감동이나
펑펑 눈물이 터져 나오는 열정적인 감동도 좋지만
이렇게 고요하고 점잖은 감동 또한 신선했다.

ANCHORAGE, USA 앵커리지, 미국

"Open the New Gate"

알래스카에서는 에어택시라 불릴 정도로
빈번하게 사용되는 교통수단인 수상 경비행기.

수면에서 날아서 수면에 도착하기 때문에
도로가 연결되지 않은 아름다운 강이나 호수도 갈 수 있다.

〈붉은 돼지〉의 미야자키 하야오도
〈갈매기의 꿈〉의 리처드 바크도
〈어린 왕자〉의 생텍쥐페리도
알래스카를 담아낸 사진작가 호시노 미치오도
내가 좋아하는 사람들이 모두 사랑해 마지않던 경비행기의 세계.
동경의 세계에 마음이 빨려 들어가는 감각.

한번 타보니 역시나 최고다.
더 이상 아무 말도 할 수 없었다.

그 순간 결심했다.
나도 꼭 경비행기 면허를 따서 직접 조종하겠다고!
곧바로 이것저것 조사해보니 면허 취득 비용은 평균 1,500만 원 전후.
기간은 몇 번으로 나누어 총 90일 정도 지나면 된다고 하니
꽤 어렵겠지만, 결코 불가능하지는 않은 범위다!

또 하나의 새로운 문이 열렸다.

KATMAI, USA 카트마이, 미국

"Blessings of Nature"

수상 경비행기를 타고 알래스카 오지를 향해.

우리 같은 평범한 가족 관광객이 이런 곳에 와도 괜찮나?
싶을 정도로 느닷없이 굉장한 장소에.

수천 마리의 연어가 가득 겹치며 강을 거슬러 오른다.
강물 속에서는 어미 곰이 새끼 곰에게 연어를 사냥하는 방법을 가르친다.
독수리처럼 생긴 무서운 새가 죽은 연어를 향해 떼를 짓고 있다.

우리는 곰과의 거리를 유지하면서 나무 그늘에서 눈치채지 못하도록 살그머니
아주 오랜 옛날과 변함없을 풍경에 마음을 빼앗겼다.

그 후 작은 보트로 이동하여 연어 낚시에 도전!
루어낚시였지만 아이들과 아내도 마음껏 즐겼다.
'낚시'보다는 '고기잡이'라는 표현이 가까울 정도로 줄줄이 올라오는 연어.
하지만 낚시 때문에 연어의 생태계가 붕괴되지 않게끔
여러 규칙을 정해 확실하게 지키고 있는 모습은 정말 대단했다.

낚은 연어를 손질하여 수북한 연어알과 함께 먹는 알래스카풍 오야코동.
숨넘어갈 듯 맛있었다.

뿐만 아니라 게나 새우 등의 신선한 해산물도 풍부하며
산에는 블루베리나 버섯이 가득했다.
'자연의 은총'을 온몸으로 맛본 매일.
정말로 최고였다.

KATMAI, USA 카트마이, 미국

DENALI, USA 데날리, 미국

좋아하는 사람들과 마주보며 웃는 것.

내가 추구하는 것은 결국 그것뿐일지도 모른다.

FAIRBANKS, USA 페어뱅크스, 미국

"Miracle Rainbow"

알래스카, 페어뱅크스의 작은 캠프장.

딸 소라가 울면서 몇 번이고 몇 번을 연습한 끝에
처음으로 자전거를 탄 순간, 굉장한 일이 일어났다.

힘차게 페달을 구른 바로 그 순간, 소라의 몸에서
정말이지 이제껏 본 적 없을 정도의 거대한 무지개가 출현했다.

"소라의 몸에서 무지개가 나오고 있어!"라고 외치는 아들 우미.
마치 포켓몬스터가 된 듯한 모습에 나도 깜짝 놀랐다.

아름다운 반원을 그리며 굉장히 밝은 빛을 내고 있는 쌍무지개.
이런 게 정말로 존재하는구나.
이제껏 수많은 무지개를 보아온 나에게도 저 무지개의 아름다움은 사상 최고였다.

이 '무지개 사건'만이 아니라, 우미도 소라도 아무렇지 않게 숟가락을 구부려버리는 등
아이들은, 아니 인간은 아마도 그런 힘을 자연스레 가지고 있는가 보다.
나도 끄집어내고 싶은걸.

하지만 소라가 숟가락을 손가락으로 문질러서 휙 구부리자
"와! 대단해!"라며 흥분하고 있는 내 옆에서
"캠프 생활로 식기가 별로 없으니까 쓸데없는 짓 하지 마!"라니,
아무렇지 않은 얼굴로 화내는 사야카 덕분에 웃음이 났다.

역시 주부다. 보고 있는 포인트가 다르다.

THE ARCTIC REGION 북극권

"Journey for Aurora"

알래스카에서 더 북쪽으로 올라가 드디어 북극권에 돌입!

아이들도 "아빠, 오로라 보고 싶어!"라고 말하고
아내 사야카도 "나 오로라 보는 게 소원이야"라고 말하기에
"좋아, 가자!" 신이 나서 북극까지 와버렸다.

"북극까지 왔으니까 뭔가 재미있는 것 해봐!"라고 아이들에게 주문했더니
무슨 이유에선지 팬티바람으로 돌아다닌다.

뭐, 뭐, 그건 그렇고.

과연 오로라는 정말로 나타날까?

FORT NELSON, CANADA 포트넬슨, 캐나다

Special Night!

짜잔! 오로라 등장!

북극권까지 왔는데 처음에는 좀처럼 볼 수가 없어서
솔직히 이제는 포기해버릴 참이었는데
역시 신은 자비롭다.

어느 날 밤, 알래스카 하이웨이의 캠프장.
담배 한 개비를 들고 밖으로 나와 무심코 올려다본 하늘에.

두근두근.

색과 빛을 바꿔가며 나폴나폴 두둥실 자유로이 움직인다.
지금껏 한 번도 본 적 없는 미지의 생물이 모여들어
모두가 춤을 추는 광경.
그 굉장함이 두근거림을 넘어 마음에 고요함을 가져왔다.

태어나서 처음일지도 모른다.
내가 발을 디딘 공기에 녹아드는 느낌을 받은 것은.
공기와 내가 살포시 하나로 겹쳐지던 바로 그 순간.

아이들은 졸린 눈을 비비며 일어났고
가족이 함께 최고의 시간을 만끽했다.

오로라에 매료되어 일부러 극한의 땅을 지나는 사람의 기분.
충분히 이해할 수 있을 것 같은 기분이다.
아. 벌써 또 보고 싶다.

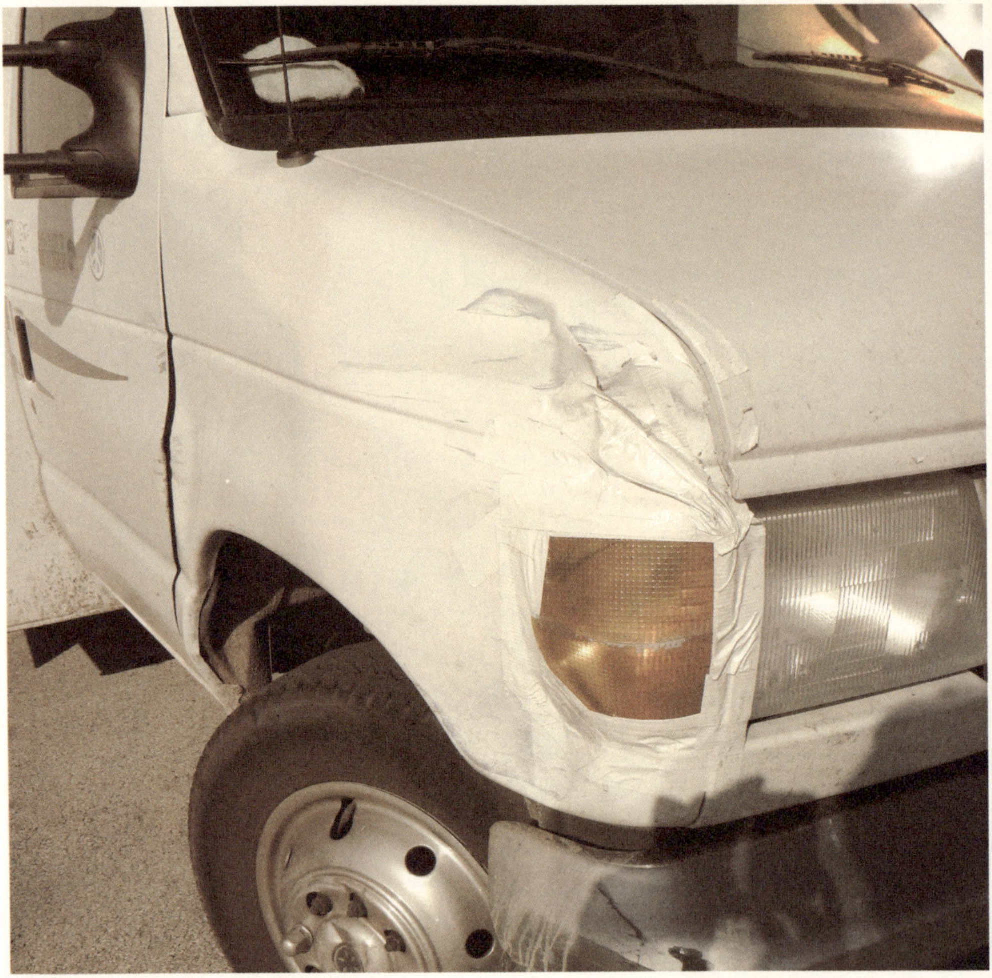

ALASKA HWY, CANADA 알래스카 하이웨이 , 캐나다

"Everyday is Adventure"

오로라의 여운에 젖어 기분 좋게 운전하고 있는데…

저지르고 말았다!
알래스카 하이웨이에서 트럭과의 추돌 사고.

뭐, 가벼운 접촉이라 양쪽 모두 상처는 없었고
보험도 들어놔서 돈 문제는 걱정이 없었지만
경찰과의 소통이 꽤 성가셨다.

정면 오른쪽의 라이트 커버가 깨진 탓에
가까운 슈퍼에서 산 하얀 점착테이프로 간신히 즉석 수리 완료!
울퉁불퉁해진 부분도 빛의 속도로 어루만진 끝에
꽤 복구되었다.

북미 대륙의 드라이브는 매일매일이 쫙 뻗은 길뿐이라
같은 속도로 몇 시간을 줄곧 달리는 경우가 많기 때문에 집중력을 유지하기가 힘들다.
잔잔한 음악이 흐르면 바로 졸음과의 싸움이 시작된다.

보통은 아메리카 록을 틀어놓고 운전하는 경우가 많지만
졸음을 쫓는 무엇보다도 강력한 수단은 레드불을 마구 마시며 듣는 쇼난노카제*!
혹은 블랙커피를 단숨에 마시며 오자키 유타카*!

익숙해질 무렵이 가장 위험하다고 하던데, 정말이다.
다시 똑바로 정신을 차려야만 한다. 오늘도 안전운전.

*쇼난노카제(湘南乃風), 일본의 남성 4인조 레게음악 그룹.
*오자키 유타카(尾崎豊), 80년대 일본의 상징이라 불리던 인기 가수.

SAN FRANCISCO, USA 샌프란시스코, 미국

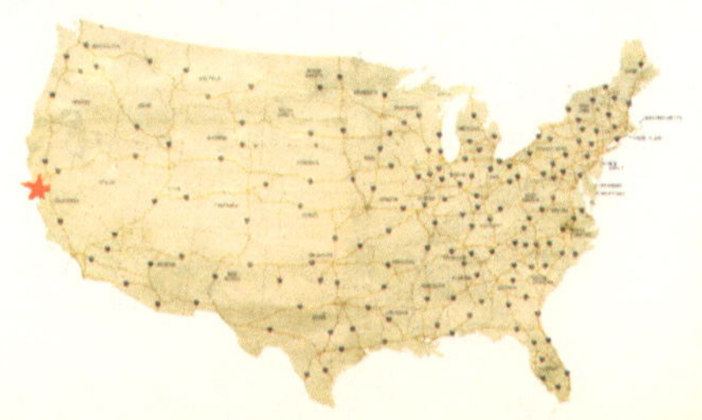

"Beat"

캐나다, 미국의 서해안을 남하하며 몇 군데의 마을에 들러
즐거운 시간을 보내는 사이
어느덧 가장 좋아하는 마을, 샌프란시스코에 도착.

아메리카 개척자들의 소망에 응해 리바이스가 태어난 마을이자
'LOVE&PEACE'의 메시지를 가슴에 품은 히피 문화가 꽃핀 마을이며
전설적인 정치가 하비 밀크가 동성애자의 권리 활동을 전개한 마을.

그리고 샌프란시스코에서 잊어서는 안 될 것이
샤워도우 브레드(Sourdough Bread)에 들어간 클램 차우더(Clam Chowder)와
책방 'City Lights Bookstore', 그리고 카페 'VESUVIO'.

이 유명한 책방과 카페는 1950~60년대의 미국에서 활약한
'BEAT'라 불리는 펑키한 작가 집단의 성지이자 아지트가 되겠다.
〈길 위에서(on the road)〉(저자 잭 케루악)라는 유명한 소설이 있다.

마음 맞는 친구들이 모여 직접 책방이나 출판사, 카페를 운영하면서
자유롭게 세계를 방랑하며 메시지를 발신해온 집단.
옆에 있는 카페 'VESUVIO'도 작품 전시와 시 낭송 등으로 왕성한
정말로 멋진 곳.

멋진 선배들로부터 근사한 정신을 물려받으며.
우리는 더욱 굉장한 일을 해버리자!

열정 있는 곳에 오면 뜻하지 않게 뜨거운 마음이 솟아오른다.

KENTUCKY, USA 켄터키 주, 미국

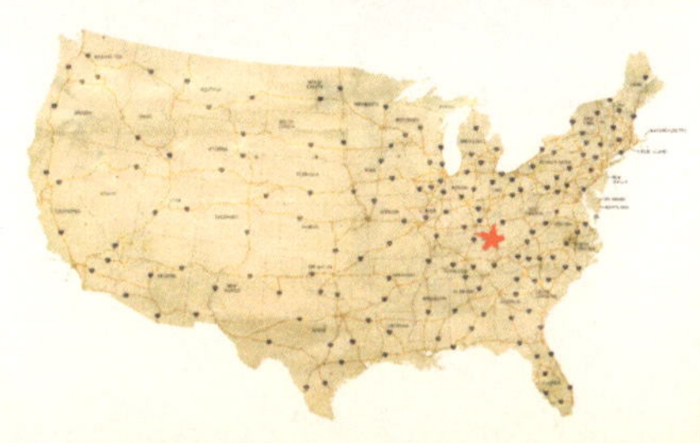

"Drink with Story"

샌프란시스코를 벗어나 동쪽으로.

버본 위스키의 고향, 켄터키에서.
좋아하는 버본 위스키의 증류소를 돌아보는 행복한 시간.

이 사진은 MAKER'S MARK라는 이름의 버본 공장.
마셔본 사람은 알겠지만
이 술은 병뚜껑 위에 한 병 한 병, 수작업으로 빨간 고무를 씌운다.
버본을 마시기 시작한 지도 어언 20년, 병을 볼 때마다
'이 빨간 고무는 어떻게 붙이는 걸까' 하고 상상해왔기에
작업을 실제로 하고 있는 장면을 볼 수 있어 정말 감동이었다.
더구나 이 빨간 셔츠 아주머니의 호의로
직접 두 병을 작업할 수 있었는데, 정말이지 넋을 잃어버렸다.

술은 '이야기'로 마시는 것.
맛을 운운하는 것은 물론이거니와
하나의 상표마다 만든 사람의 삶과 정신이 담긴 이야기가 있어
그 이야기를 알면 알수록 이 액체는 행복한 기분을 나누어 준다.

그것은 버본만이 아니라 럼주, 진, 데킬라, 사케 등 모두가 그렇다.
술을 마실 때는 가게의 사람에게 그 술에 담긴 마음이나
만들어진 과정 등을 조금이라도 듣고 나서 마시면
그것만으로도 풍미가 훨씬 좋아진다.

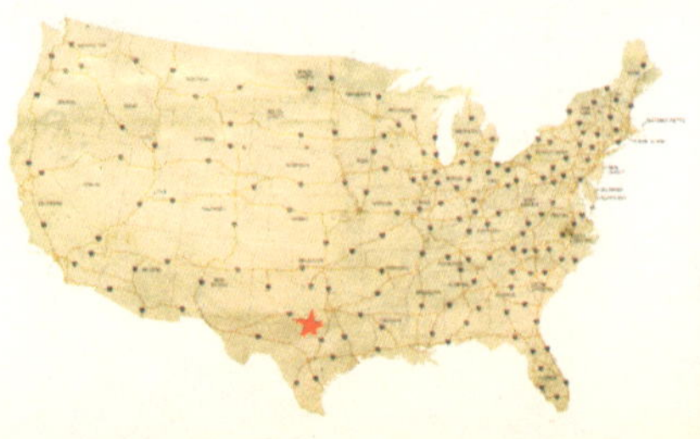

TEXAS, USA 텍사스, 미국

"Stand by Me"

아메리카 넓다!
그야말로 STAND BY ME!
이렇게 외치며 모두가 선로를 걷는 것이 아메리카 여행의 규칙?

기차가 오지 않을까, 쫓기게 되면 어떡하지!
역시나 가슴이 두근거린다.

영화, 음악, 소설.
〈STAND BY ME〉에 그려진 세계가 좋다.

I'll stand by you whatever happens.
무슨 일이 일어나도 나는 너와 함께 있을 거야.

이런 절대적인 사랑으로 아이들을 감싸고 싶다.

KEY WEST, USA 키웨스트, 미국

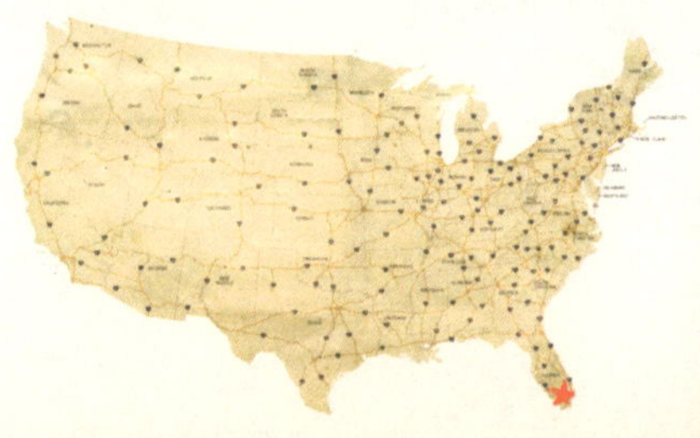

"The Beach Camp"

플로리다 반도 남부, 키웨스트의 캠프장.

약 3주에 걸쳐 일주한 플로리다 반도는
한마디로 최고였다.
이번이 첫 방문이었는데 사실 조금은 얕봤었다.
좋아하게 됐다.

우선 올랜도에서 출발하여 디즈니가 경영하는 멋진 캠프장에 머물며
테마파크에서 논 뒤 데이토나 비치, 코코 비치를 거친 후 남하하여 마이애미로.

사우스 비치 주변에 들러 아르데코의 건물을 보면서 산책.
계절 한정의 스톤크랩을 실컷 먹고 석양이 지는 세븐 마일 브리지를 달려 키웨스트로.

키웨스트에서는 전설의 엘리펀트 카페에서 차를 마신 뒤
온 더 비치의 캠프장에 캠핑카를 세우고 해먹에서 낮잠을 자며
'현관을 나오면 바로 낙원'의 생활을 만끽 중.

한겨울에도 수영할 수 있는 기온에, 밤에도 한가로이 모래사장에서 바닷바람을 맞으며
바비큐와 구운 마시멜로, 레드와인의 시간도 즐기면서 그야말로 THE BEACH CAMP!

오키나와, 하와이, 발리, 모리셔스도 좋지만 플로리다도 좋네.

플로리다 반도를 캠핑카로 돌아보는 여행도 자신 있게 추천!

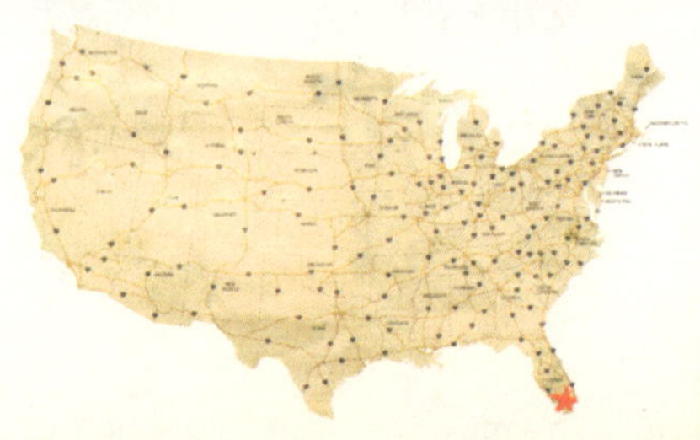

KEY WEST, USA 키웨스트, 미국

100

"Storytelling"

여행 중에는 거의 매일 밤.
자기 전에 아이들과 함께 그림책을 읽고 있다.

책을 여러 권 챙겨왔음에도
시간이 지날수록 점점 같은 책만 읽게 되어 질려버려서.

최근에는 그림책 읽기가 아닌
이야기 만들기 대회가 시작되었다.

내가 "옛날 옛날에, 어느 마을에 남자 아이와 작은 용이 살고 있었어요. 그 용은…"
이런 느낌으로 적당히 이야기를 시작한다.
그렇게 몇 분이 지나면 이어서 아들 우미가 다음 내용을 생각하며 이야기를 시작하고
다음으로 딸 소라가 이야기하면 마지막으로 나에게 돌아오는 패턴이다.

익숙하지 않았던 처음에는 어떻게 이야기해야 좋을지 몰라 아이들도 부끄러워하고
좀처럼 잘 진행되지 않았지만 익숙해지자 즐겁게 끝없이 이야기하고 있다.

해보고 느낀 건데 아이들의 '지금'을 아는 데 정말로 좋다.
그때그때 떠오르는 대로 이야기하는 까닭에
그 이야기 안에 즐거운 것, 기쁜 것, 좋아하는 것, 싫어하는 것 등
아이의 머릿속 세계가 자연스레 그대로 표현되어 정말로 재미있다.

하지만 아빠도 매일 밤 재미있는 이야기를 해야만 해서 꽤 힘들다.
아마 일할 때보다도 진지한 태도가 나오는 듯하다.

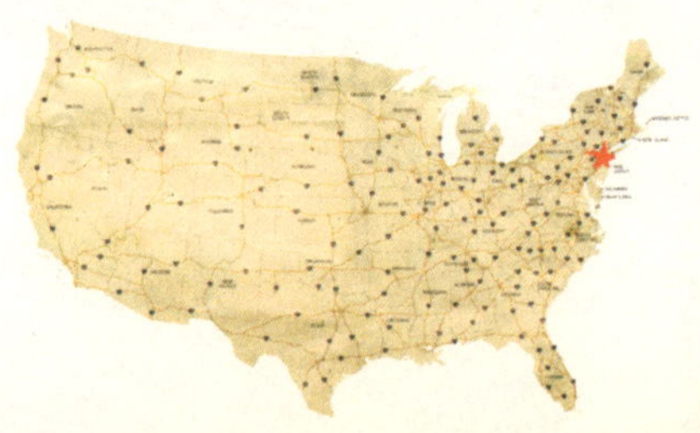

NEW YORK, USA 뉴욕, 미국

Imagine all the People Living Life in Peace.

동경하는 사람은 많이 있지만
굳이 한 사람을 꼽자면 역시 이 사람.

존 레논의 기일.
뉴욕, 센트럴파크에서.

당신의 말과 삶으로부터
얼마나 많은 구원을 받았는지.

세계의 평화를 바란다면
먼저 눈앞의 사람을 소중히 하는 것부터.

한 사람, 한 사람에게 사랑을.
하나, 하나에 마음을 담아서.
모든 것은 이어진다.

Journey 3

SOUTH & CENTRAL America

104

"To South & Central America"

9개월간, 총 주행거리 32,640km의 북미 대륙 여행을 끝내고
로스앤젤레스에서 캠핑카를 반환하고서 휴우, 한숨 돌린다.

자, 다음은 어디로 갈까?
남쪽 섬 가고 싶지 않아?
좋아. 그럼 가까운 곳은 카리브겠네!
응. 카리브 섬에서 유유자적하고 싶어.
이런 이유로 다음 여정은 자메이카로 결정.

그리고 자메이카에 이어 중남미, 남극으로의 여행은
피스 보트*를 타는 것으로!
커다란 배에서 선박여행을 즐기기로 했다.

자메이카에서 저크치킨을 먹으며 리듬감 있는 바람도 맞고 싶고
쿠바에서는 전설적인 혁명가들의 세계에 젖어보고 싶고
브라질에서는 리오 카니발에도 가고 싶고
동경해오던 비경 파타고니아, 그리고 염원의 남극도…

변함없이 예정은 설렁설렁, 설렘은 활짝!

우리는 자메이카로 향했다.

*세계의 평화와 인권 증진, 지구 환경의 보호 등을 목적으로 1983년에 설립된 일본의 국제적인 시민단체.
이들은 주된 활동을 세계를 여행하는 배 위에서 행한다.

KINGSTON, JAMAICA 킹스턴, 자메이카

"Song of Freedom"

레게 발상의 섬, 자메이카.

어린 시절부터 좋아했던 밥 말리.
그를 전설적인 위인으로 숭배하는 것은 아니다.
단지 한 사람의 긴 머리 형으로서의 밥 말리를 느끼고 싶을 뿐.

그런 생각으로 그가 태어나고 자란 땅을 걷고 있으니
내 마음에도 자유의 노래가 흘러넘쳤다.

누군가가 건넬 수 있는 자유와 희망이란 없다.
나를 자유롭게 할 수 있는 것은 나밖에 없다.

불안해도, 무서워도, 돈이 없어도, 우선은 움직이는 것이다.
모든 것은 자기 자신이 움켜쥐고 나갈 수밖에 없다.

그래. 기억하자.
우리는 자유롭게 살기 위해 태어났다.

KINGSTON, JAMAICA 킹스턴, 자메이카

110

"Street Music School"

자메이카, 킹스턴의 빈민가에서 10일간.

현지의 가난한 아이들을 위해 음악학교를 만들자는 프로젝트에
가족 모두가 자원봉사로 참여했다.

자메이카 현지인은 물론 일본에서의 동료들도 합류하여
모두가 왁자지껄 야단법석인 가운데 작업.

뭐, 솔직히 나는 목공 관련 일은 일절 못하기 때문에
현장에서는 그다지 힘이 되지 못했을 수도 있으나
우미와 소라와 함께 청소도 하고 페인트로 벽을 칠하며 즐겁게 보냈다.

'빈민가에 음악학교를!'이라고 말하면 왠지 거창한 것 같아 쑥스럽지만
이 가난한 뒷골목에 음악을 사랑하는 아이들이 모여
부담 없이 악기를 만지며 놀 수 있는 공간이 생겼다.
그것만으로도 충분히 대단하다는 생각이 들었다.

JAMAICA×JAPAN. ONE LOVE.

이처럼 소박하지만 따뜻한 활동을
앞으로도 세상의 길 위에서 계속해나가고 싶다.

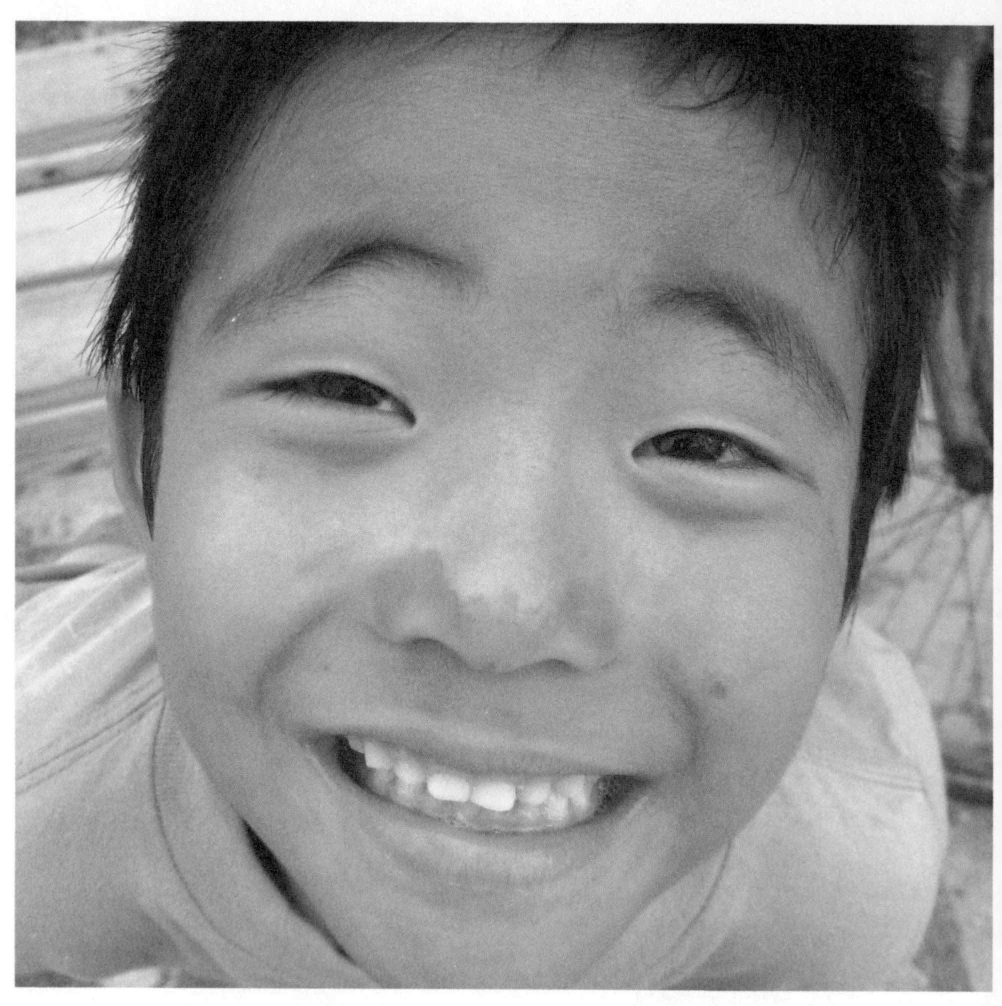

여행을 하며 배운다.

웃어넘기는 것의 중요함을.

HAVANA, CUBA 아바나, 쿠바

"The Air of Revolution"

쿠바의 수도, 아바나에서.

피스 보트 스태프의 멋진 도움 덕분에 믿을 수 없게도
동경하던 혁명가 카스트로와 실제로 만나게 되었다.

피델 카스트로.
1926년 8월 출생. 현재 86세.
쿠바의 야구선수, 변호사로 활약 후, 20대 후반부터 혁명 활동을 시작해
33세에 체 게바라 등과 함께 쿠바혁명을 성공시킨 중심인물.

그의 강연을 들은 뒤 단상에서 짧은 대화를 하고 악수를 나눴는데
뭐랄까, 가볍게 흘리는 것이 아니라 제대로 마주보고 대해줘서 굉장히 기뻤다.

혁명을 사랑하는 내가 드디어 실물의 카스트로와 만나게 된 까닭에
지금까지 그에게서 받은 메시지가 몇 배나 더 생생하게 살아난 느낌.

가장 인상적이었던 것은 역시 그가 지닌 부드러움.
감돌던 공기도, 악수할 때의 손도, 이상할 정도로 부드러웠다.

정말로 강한 사람은 놀랄 만한 다정함을 지니고 있고
정말로 역경 속에서 살아온 사람은 놀랄 만한 부드러움을 지니고 있다.
공부가 되었다.

뭐, 그렇다고 해도 카스트로도, 체 게바라도, 나도 같은 한 명의 인간이다.
동경만 하고 있으면 쓸모가 없다.
다음은 우리의 차례다!

RIO DE JYA NEIRO, BRAZIL 리오데자네이루, 브라질

"Carnaval do Rio"

브라질에 입성, 염원의 리오 카니발로!

과연 세계 최고의 축제답다.
꽃이 불타오르듯 화려하고, 술이 연못을 이루듯 호화롭다.
심플하며 다채롭고 아름답다.

우리 아이들도 강렬한 떨림을 몸으로 느낀 듯
전혀 졸린 기색도 없이 치즈버거를 3개나 먹으며
심야까지 흥분하여 마구 뛰어다녔다.

매년 수만 명의 사람들이 오직 이 순간만을 위해서 완전 연소하는 카니발.
의상이며 세트까지 모든 것이 축제가 끝나면 바로 버려진다.
그 덧없음이 아름답기에 더욱 황홀했다.

이 시기의 리오는 카니발 회장뿐만 아니라
코파카바나, 이파네마 비치 주변에서도 모두가 미친 듯 날뛰며
다운타운의 빈민가에서도 굉장한 댄스 이벤트가 열려 많은 사람들로 붐빈다.

이런 느낌의 자극, 오랜만이다.

역시 인생에는 축제가 필요하다.

RIO DE JYA NEIRO, BRAZIL 리오데자네이루, 브라질

RIO DE JYA NEIRO, BRAZIL 리오데자네이루, 브라질

RIO DE JYA NEIRO, BRAZIL 리오데자네이루, 브라질

"Afro Reggae"

리오에서는 아프로레게(Afro Reggae)라 불리는
최고의 예술 집단의 라이브를 볼 수 있었다.

버려진 폐기물로 만든 퍼커션으로
레게나 힙합 비트를 두드려 소리 내며
파벨라라 불리는 빈민가에서 생활하는 아이들을 향해

폭력과 마약의 연쇄로부터 벗어나자!
우리에게는 무한의 가능성이 있다!
태어나고 자란 이 마을에 긍지를 느끼자!

이런 긍정적인 메시지를 계속해서 표현한 아프로레게에 아이들은 열광했다.
지역의 아이들을 향한 메시지에서 시작한 활동은 어느덧 세계로 뻗어나가
지금은 브라질 국내는 물론 전 세계를 무대로 활약하고 있다.
그리고 그 활동을 통해 얻은 수익을 바탕으로 자신들이 태어나고 자란 빈민가에
학교, 스포츠클럽, 라디오 방송국 등을 세워 운영하고 있다고 한다.

이런 활동을 계속해나가는 어려움을 잘 알기에 마음속 깊이 존경을 보낸다.

일본에는 빈민가는 없을지도 모르지만 왕따, 자살, 학대, 장애…
여러 가지 문제를 안고서 꿈을 꾸지 못하게 돼버린 아이들은 많다.

세계의 대단한 활동을 보고 듣고 느끼면서 힌트를 얻어
일본에서도 내가 할 수 있는 일을 시작해나가고 싶다.

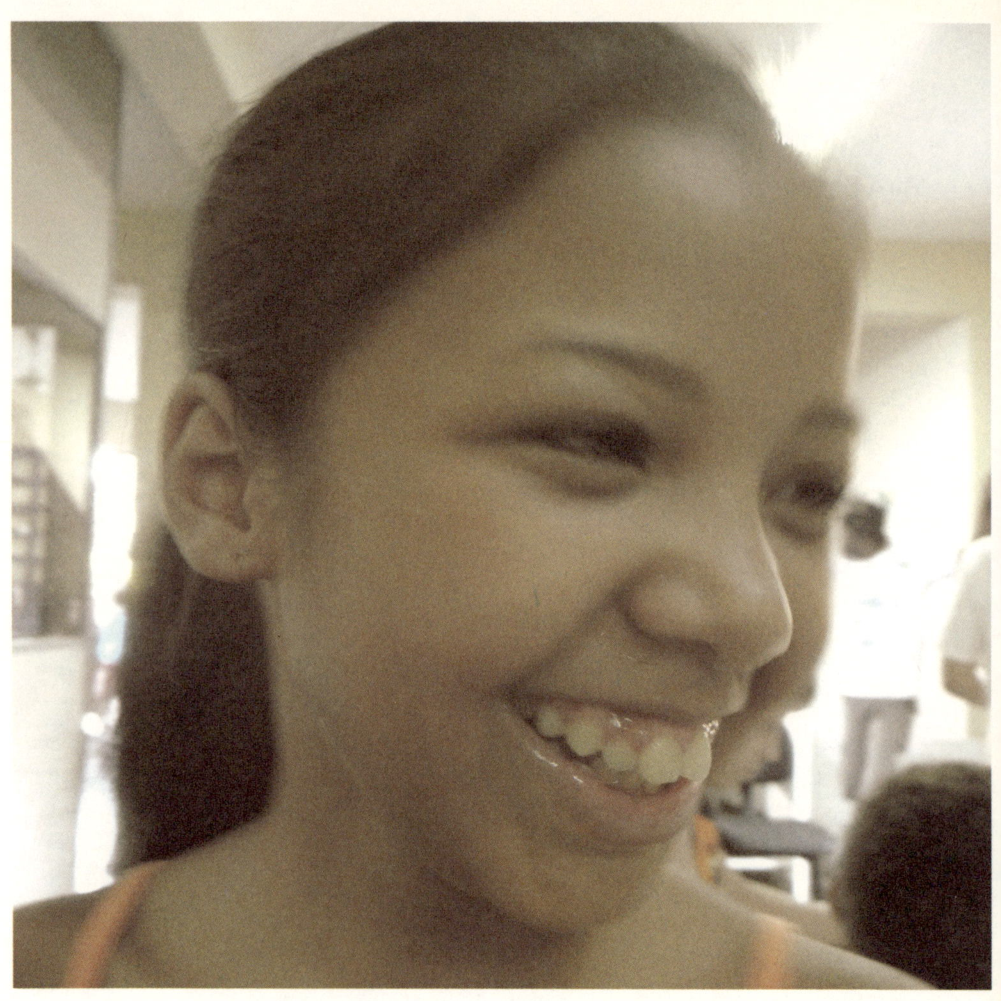

인생의 의미나 결승점 같은 건 모르겠다.

내가 하고 싶은 것을 열심히 해서 누군가가 기뻐해준다면

그저 그런 것을 차곡차곡 쌓아나가고 싶을 뿐.

RIO DE JYA NEIRO, BRAZIL 리오데자네이루, 브라질

나에게도, 당신에게도.

주변의 평가 따위는 매일 바뀌는 것.
바뀌고, 바뀌고, 분명 또다시 바뀌기 때문에
일희일비하고 있을 때가 아니다.

좋은 말을 듣건
안 좋은 말을 듣건
그저 가야 할 길을 간다.

이거면 충분하다.

"Every Kid has Original Style"

남미를 여행하는 도중 아이들이 상담을 신청해왔다.

"한자 연습이나 계산 연습은 하나도 재미없으니까. 안 하면 안 돼?
게임을 하거나 만화책을 읽는 편이 훨씬 더 많이 공부할 수 있어요."

뭐? 정말?
솔직히 그냥 게임이 하고 싶은 게 아니고?

그때부터 아내 사야카도 참여하여 가족회의가 시작되었다.
부모의 입장에서는 아이의 장래를 위해서
무리해서라도 연습을 시키려고 했지만
본인들이 싫어하기에 그만두었다.
우선은 '좋아하는 방법으로 해보자!'는 것으로 결정되었다.

그리고 얼마간 시켜봤더니, 오호라.
역시 아이들은 자신에 대해 잘 알고 있구나.
실제로 만화책을 읽음으로써 대부분의 한자는 확실하게 읽을 수 있게 되었고
게임으로 점수를 매김으로써 덧셈, 뺄셈, 곱하기, 나누기의 계산도 할 수 있게 되었다.
물론 모든 종류의 한자와 계산을 완벽하게 익힌 것은 아니지만
살아가는 데 필요한 한자와 계산은 게임과 만화책만으로도 충분했다.

아이는 아무렇지도 않게 어른의 상상을 뛰어넘는다.
앞으로도 강요하지 않고 옆에 있어주면 된다는 것을 새삼 느꼈다.

PATAGONIA, CHILE 파타고니아, 칠레

"Patagonia"

남미 대륙의 남쪽 끝, 칠레 파타고니아로.

지구의 끝은 아주 고요했다.
그리고 그저 하늘이 넓었다.

가족 넷이서 끝없이 펼쳐진 대초원을 걷고 있으니
뭐랄까, 이 지구상에 우리만 남겨져 버린 듯한
신기한 감각에 에워싸였다.

역시 좋다.
이렇게 아무것도 없는 장소를 무작정 걷는 바로 이 순간.

쓸데없는 생각이 점차 바람에 날려가고
마음속이 심플해지는 기분이 든다.

좋아하는 아웃도어 브랜드 '파타고니아'의 티셔츠에도 적혀 있다.
'LIVE SIMPLY'
이곳에 있으니 알 것 같다.

PATAGONIA, CHILE 파타고니아, 칠레

Where do you Live?

파타고니아를 들어서는 푼타아레나스 마을에는
개성 넘치는 게스트하우스가 가득하다.

산책하면서 이리저리 들여다보거나
스태프들과 가볍게 이야기를 나눠봤는데
모두 '좋아하는 것을 하고 있으니까'라는 공기가 넘치는
기분 좋은 사람들로 가득했다.

좋아하는 곳에 살면서 게스트하우스를 운영하며
세계 곳곳의 여행자와 만나 멋진 시간을 공유하는 것.

그런 삶은 역시 좋구나.
다시 한 번 실감했다.

게스트하우스를 시작하는 것은 그렇게 어렵지 않다.
이를테면 물가가 싼 나라에서 허름한 가게를 찾아 직접 손을 보면
일이천만 원의 예산으로 충분히 시작할 수 있다.
혹 개업해도 벌이가 안 돼서 곤란할 때에는 이따금 귀국하여
부지런히 일하고 돌아오면 전혀 문제없이 계속할 수 있다.

좋아하는 곳에 살며 게스트하우스를 운영하는 생활.
어떨까?

ANTARCTICA 남극

"The Eternal Scene"

배를 타고 드레이크 해협을 넘자 드디어 꿈에 그리던 남극에 도착!

남극의 바다를 천천히 항해하면서 궁극의 비경을 맛보는 호화로운 매일.

본 적 없는 푸름. 본 적 없는 순백. 본 적 없는 투명.
마치 어딘가 다른 별에 온 것 같다.

지금까지 그 어떤 사진에서도 느낄 수 없었던 이 깊이.
방심하는 순간, 끝없이 펼쳐진 얼음의 세계에 빨려들 것 같은 기분이 들었다.

지구의 가장자리에서 굉장한 소리를 내며 빙하가 무너지고
그 아래를 수많은 고래와 범고래가 헤엄친다.
파도 한 점 없는 해면에 강렬한 태양이 떠오르고
눈물이 날 정도로 아름다운 석양이 진다.

앞으로의 인생, 어디에서 무엇을 하더라도.
지금 이 시간 지구상에 저런 세계가 실재하고 있다는 것을
문득 떠올릴 때가 있을 것이다.

마음속 잊지 못할 풍경이 있다는 것.
그런 풍족함이 참 좋다.

ANTARCTICA 남극

Snow is Food?

남극 바다를 건너는 배 위.
우리 아이들이 생애 처음으로 '눈'을 본 날.

오키나와에서 태어난 까닭에 눈이란 것을 한 번도 본 적이 없던 우리 아이들에게
첫눈은 남극에서 보여주자는 생각으로 기대하고 있었는데
역시 재미있었다.

태어나서 처음으로 눈을 본 두 아이는
이게 웬걸! 입을 벌린 채 내리는 눈을 필사적으로 먹는 게 아닌가.
게다가 그 기세로 눈사람까지 먹어버리고 말았다.

참고로 아이들 밥은 늘 제때 챙겨주는 아빠입니다만
묘하게 열심히 먹고 있는 두 아이의 모습에 왠지 웃음이 나버렸다.

오키나와에서 나고 자란 그들에게 있어
눈은 빙수 같은 '음식'으로 입력되어 있는 듯한 모양이다.

Journey 4

AUSTRALIA

136

"To Australia"

자, 다음은 어디로 갈까?
다가올 계절, 북반구는 추우니까 남반구로 가서 여름을 여행하자.
좋아. 영원히 끝나지 않는 여름이네.
그러면 오스트레일리아를 캠핑카로 여행할까?
그거 좋네! 가자, 가자!

북미 대륙에서의 즐거운 추억이 있기에 가족 모두의 의견은 곧바로 일치했다.
곧바로 오스트레일리아에서 캠핑카를 대여하고 있는 사람을 만났고
이야기는 척척 진행되어 동해안의 케언즈에서 시작하게 되었다.

움직이는 집을 타고 마음 닿는 대로 방랑하는 오스트레일리아 대륙 여행.
그레이트 배리어 리프와 에어즈 록도 가고 싶고 바이런 베이도 느긋하게 즐기고 싶다.
대자연에서 마음껏 놀고 싶고 여러 캠프장에서의 생활도 기대돼!
그리고 마지막에는 천국에 가장 가까운 섬, 뉴칼레도니아에도 들르자!

계획은 이 정도로 세워둔 채. 자, 오스트레일리아로!

CAIRNS, AUSTRALIA 케언즈, 오스트레일리아

New Motor Home!

오스트레일리아 상륙!

동해안의 케언즈에서 새로운 캠핑카를 빌렸다.
마치 새로운 집을 빌린 감각.
차내의 넓이는 8첩짜리 원룸과 다락방이 딸린 느낌으로
넷이서 생활하기에는 약간 비좁지만 충분히 쾌적하다.

무엇보다도 대자연에서 대도시까지,
해변에서 계곡, 쇼핑센터까지
마음이 향하는 대로 자유롭게 집을 움직이는 감각은 실로 자극적!

우선은 케언즈 교외에 있는 대형 슈퍼마켓에서 장을 봤다.
그리고 모두가 아이디어를 내며 가재도구의 배치를 정하고
세탁, 청소, 설거지, 쓰레기 버리기 등 역할분담을 하며 각자의 ‘일’을 정한다.

이렇게 다시 무(無)에서 새로운 생활을 만들어 나가는 것은
굉장히 힘들지만, 굉장히 재미있다.

가족 모두의 입가에 즐거운 매일을 만들어 나가자는
긍정적인 웃음이 활짝 피어났다.

그날 밤, 혼자서 담배를 피우며
다시 한 번 깨달았다.

우리는 좋은 팀이다.

BYRON BAY, AUSTRALIA 바이런 베이 , 오스트레일리아

"Air of Free"

오스트레일리아 대륙의 동쪽 끝에 있는 바이런 베이.
전 세계의 히피가 모여 사는 이 마을, 역시나 마음에 든다.

노래 부르고 싶은 자여, 불러라!
춤추고 싶은 자여, 춤춰라!
만들고 싶은 자여, 만들라!
자고 싶은 자여, 잠자라!
울고 싶은 자여, 실컷 울어라!
모두 자유다.
하고 싶은 대로 하자!

이유는 잘 모르겠지만
그런 공기가 감돌았다.

규칙으로 꽁꽁 감싸서 억지로 모두를 하나로 만드는 것이 아니라

각자가 자신만의 색과 리듬으로 마음껏 해나가는 과정 속에서
모두에게 공통되는 '무언가'를 향해 자연스레 하나가 되어 가는 것이다.

나를 감싸고 있는 그 공기는 너무도 상쾌했다.
그것만으로도 매일이 달라질 것이다.

인간이란 생물은 굉장히 심플하다.

미래에 대한 '기대'가 있기에 앞으로 나아갈 수 있는 것이라 생각한다.

그것이 저녁 식사 메뉴든, 여행이든, 누군가와의 만남이든, 어떤 것이라도 좋다.
가까운 미래에 '기대'를 가득 설정해두는 습관을 들이는 것.

그것만으로도 매일이 달라질 것이다.

SYDNEY, AUSTRALIA 시드니 , 오스트레일리아

"Smile of Mother"

대도시, 시드니로.

'이번 세계일주의 목적은 전 세계의 쇼핑몰을 제패하는 것!'

그렇게 말할 만큼 아내 사야카는
대도시에 오면 언제나 반짝반짝 빛나곤 한다.

지역의 슈퍼마켓부터 고급 브랜드 매장까지,
말이 통하지 않는 것에도 상관없이 어디서 조사했는지 다양한 정보망을 구사하여
목표한 물건을 이리저리 찾아 돌아다니는 힘에는 정말이지 못 당한다.

나는 쇼핑에는 그다지 흥미가 없고
아이들도 굳이 고르자면 자연 속에서 뒹구는 것을 좋아하는데
참으로 신기한 일이다.

역시 엄마가 즐거우면 가족 모두가 즐거운 기분이 든다.

'엄마는 태양'이라는 말을 자주 하는데 확실히 그 말이 맞을지도 모르겠다.

7 DAY
SUPERMARKET
HARDWARE • VARIETY
FAST FOOD
PATRONS
EXPLOSIVES
DANGER
THE OPAL FACTORY
THE OPAL
FACTORY

엄격하게 내치는 것으로 강해지는 사람도 있지만

따뜻하게 안아주는 것으로 강해지는 사람도 있다.

더욱 더 당신을 알고 싶다.

ULURU - AYERS ROCK, AUSTRALIA 에어즈 록, 오스트레일리아

"Center of the World"

오스트레일리아 대륙의 중앙부, 에어즈 록으로.

일본에서 온 친구도 합류하여
이 압도적인 공간을 모두가 함께.

에어즈 록. 애버리진 언어로 울루루(Uluru).
'세상의 중심'을 의미한다.

세상의 중심 말이지.
그러나 나에게 있어서 장소는 관계없다.
세계 어느 곳에 있더라도 가족이 있는 곳이 바로 세상의 중심.

'나라가', '세계가'라고 말하면 왠지 이야기가 거창해지게 마련이지만
'나라'라는 단위보다는 먼저 '가족'이라는 단위를 소중히 하고 싶다.

세상의 모든 가족이 행복해지는 방법을
모두와 함께 찾아가는 시도.

"Feeling of Father"

오랜만에 아이를 목말을 태워 걷는다.

아들 우미도, 딸 소라도.
어린 시절부터 목말을 좋아해서
자주 이렇게 하고선 근처의 해변을 걸었다.

목말을 태우는 엄마는 본 적이 없기에
목말은 아빠의 특권이라고 해도 좋을 것이다.

어른이 될 때쯤이면 분명 두 아이 모두
이 풍경은 잊어버리겠지만…

아빠는 절대로 이 행복한 기분을 평생 잊지 않을 거야.

STUART HWY, AUSTRALIA 스튜어트 하이웨이, 오스트레일리아

"Stuart Hwy"

에어즈 록에서 다윈으로.
오스트레일리아의 중앙부를 종단하는 스튜어트 하이웨이를 폭주 중!

전체 길이 2,834km의 이 도로는
대부분이 사막으로 마을과 마을이 굉장히 떨어져 있다.
경비행기로 왕진을 다니는 의사들의 활주로로 사용되거나
세계적인 태양광 자동차 대회인 'World Solar Challenge'의 코스이기도 하듯
아는 사람은 다 아는 재미있는 도로라 오래 전부터 달려보고 싶었다.

설레는 마음으로 달리던 도중, 자동차의 연료가 떨어져
길 위에 가만히 서 있는 오스트레일리아인 콤비를 발견!

"OK! NO PROBLEM!
가까운 주유소까지 우리 차로 태워줄 테니 함께 여행을 즐겨요!"
예기치 않은 만남을 좋아하는 나로서는 꽤나 들뜨게 되는 상황.

그런데 오스트레일리아는 정말로 주유소가 별로 없다!
더군다나 지도에 나와 있는데도 막상 가보면 'CLOSE'라는 팻말이 걸린 곳이 수두룩.

하지만 덕분에 뜻밖의 만남이 생겨
현지의 맛있는 스테이크 가게를 알게 되었고
시시껄렁한 이야기도 할 수 있어 즐거운 시간이었다.

WYCLIFFE WELL, AUSTRALIA 위클리프 웰, 오스트레일리아

Limit of Human Being?

계속해서 스튜어트 하이웨이를 따라.
UFO 목격 다발지대로 세계적으로 유명한 지역.
위클리프 웰(WYCLIFFE WELL)에 들렀다.

이곳은 자그마한 휴게소가 있을 뿐이지만
정체불명의 바위 'Devil's Marble'과 가깝고
UFO를 목격했다는 기사의 스크랩이 가득 전시되어 있어
뭐랄까, 좋은 느낌으로 수상한 분위기가 감돌았다.

그런데 우주를 생각하면 항상 느끼는 거지만
이만큼 과학이 발달해서 달이나 화성에도 가는 시대인데도
정말로 우주의 끝이 어떻게 되어 있는지에 대해서는
아무도 모른다는 게 대단하지 않아?

지구가 있고, 달이 있고, 태양이 있고, 몇만 광년이나 떨어진 별이 있고
결국 가장 바깥쪽은 어떻게 되어 있을까?

우주라는 것은 무한히 펼쳐져 있고…
블랙홀이 있어 그곳에서는 시간과 공간이…
이런 이야기를 들어도 도통 뭐 말인지 모르겠고 말이야.

"누구든지 알 수 있게 설명하지 못하는 것은 모르는 것과 같은 것이다."
훌륭한 과학자도 말하지 않았는가.

이만큼 과학이 진보했어도 인간에게는 아직 모르는 것이 한가득이다.
그 현실이 이상하리만치 멋지게 느껴진다.

자질구레한 것은 푸른 하늘에 녹이자.

오늘은 조금은 어렴풋이, 막연하게.

ARNHEM LAND, AUSTRALIA 아넘랜드, 오스트레일리아

"Song Line"

원주민의 성지, 아넘랜드.

오스트레일리아가 오스트레일리아로 불리기 전부터
이 대륙에서 생활했던 애버리진이 모여 있던 지역.

"애버리진의 선조는 노래하며 대륙 방방곡곡을 걸었어요.
강, 산, 바다, 모래 언덕을 노래했죠. 그리고 그 후에는 노래만이 남았습니다.
그들에게 '지도'란 그 노래를 합친 것이죠."

가이드가 이야기해준 애버리진의 세계관과 맞닿아 가슴이 두근거렸다.
노래와 노래를 짜 맞춰 지도를 그렸다니, 재미있네.

그때부터 좀 더 자세히 알고 싶어져 그들의 벽화를 몇 개나 둘러보고
〈송라인(The Songlines)〉이라는 책을 계기로 여러 책을 읽어나가는 사이
그들의 세계관에 점차 매료되었다.

지구상에는 우리의 보잘것없는 상식을 때려 부수는
상식 파괴자가 가득하다.

내 안에 있는 '당연함'을 파괴해주는 것.
'이런 것도 있네?' 하고 새롭게 던져주는 것.

그런 것과 맞닿아가며
언제까지고 즐기면서 나의 '한계'를 깨나가고 싶다.

ARNHEM LAND, AUSTRALIA 아넘랜드, 오스트레일리아

"Guide for Happy Life"

야생 악어가 넘치는 낙원, 카카두 국립공원.

환상의 거대 물고기 바라문디 낚시를 앞두고
가이드를 해준 아저씨가 정말이지 최고였다.

"나는 어린 시절부터 좋아하는 것을 마음껏 하면
반드시 그것이 직업이 된다는 부모님의 말씀을 들으며 자랐어요.
그래서 그때부터 매일 낚시만 했죠.
그리고 지금, 낚시를 직업으로 삼아 행복한 마음으로 일하고 있어요.
부모님의 말씀은 정말이었어요. 인생은 굉장히 심플해요."

가이드로서의 버팀목도 완벽하고, 여태껏 만나본 적 없을 정도로
부드러운 바람을 몸에 걸친 사람이었다.

그날은 한가득 낚을 수 있어서 우리 모두 대만족.
헤어질 무렵 담배를 좋아하는 그에게
일본에서 가져온 담배, PEACE를 선물하자 멋진 미소를 짓는다.
그야말로 평화로운 시간.

멈춰 있으면 마음은 흔들린다.
움직이고 있으면 마음은 안정된다.

방향은 직감으로 충분하다.
우선 한 걸음 내딛자.

미래는 걸으면서 생각해나가는 것이다.

MINDIL BEACH - DARWIN, AUSTRALIA 민딜 비치/다윈, 오스트레일리아

"Vagabond Businessman"

다윈에 도착하여 유명한 민딜 비치의 야시장으로.

끝내주는 석양과 이름 모를 식물에 둘러싸인 해변에
향신료로 맛을 낸 사테와 누들 냄새가 감돈다.
역시 해변 근처의 시장은 최고다.

게다가 이 야시장은 이민족이 많은 다윈답게
다양한 나라의 음식이 놓인 포장마차 수백 곳이 늘어서 있고
일몰과 함께 점점 사람도 넘쳐나면서 민속악기 공연도 시작되는 활기찬 분위기의 공간.

특히 이 지역의 애버리진이 연주하는 디제리두는 굉장히 느낌이 좋았다.
눈을 감고 들으니 정말로 '지구의 고동'이 마음을 울리는 감각.

이곳에서 만난 방랑 상인 팀도 자극적이었다.
세계의 페스티벌이나 플리마켓을 돌면서 각국의 음식과 장신구 등
마음에 든 것을 구입하거나 만들어 팔며 생활하고 있었다.
친구들과 함께 커다란 낡은 수레를 사서 물건을 쌓아 자유롭게 이동하는 여행 방식.
평화를 사랑하는 자유로운 정신이 좋은 공기를 내뿜고 있었다.

좋은 일이 있기 때문에 힘이 나는 게 아니다.

힘을 냈기 때문에 좋은 일이 일어나는 것이다.

ÎLE DES PINS, NEW CALEDONIA 일데팡, 뉴칼레도니아

"Something Beautiful"

오스트레일리아 여행을 끝내고 뉴칼레도니아로.

세상에는 아름다운 바다가 셀 수 없이 많지만
역시 이 바다의 투명도는 압도적이다.

아름답게 반짝이는 바다를 보는 것만으로
이렇게 행복한 기분이 드는 것은 왜일까.

아이들과 놀고 난 뒤 혼자서 해변을 사뿐히 걸으며.

내 마음 깊은 곳에 있는 어떠한 아름다운 것.
둥글고 부드럽고 투명한 구슬 같은 모양의 그것.

소중하게 끌어안았습니다.

ÎLE DES PINS, NEW CALEDONIA 일데팡, 뉴칼레도니아

Eat the World!

오늘의 저녁 식사, 준비 완료!

뉴칼레도니아는 상상한 것 이상으로 요리가 맛있었다.

본래 프랑스령이기에 능숙하게 조리해주는 가게도 많고
프랑스 식민지였던 베트남의 맛도 더해져서
신선한 해산물과 프랑스식 조리법, 베트남 향신료의 조합으로
맛이 없을 수가 없다!

맛있는 것을 먹으면 정말로 행복한 기분이 든다.
세계의 맛있는 요리와 술을 더 많이, 실컷 맛보고 싶은 것은 바로 이러한 까닭.

그런데 이런 삶의 방식을 지니고 있으면
일상의 일로 조금 짜증나는 일이 있더라도
'이번에 스페인에서 그 최상의 와인을 마시며 홍합을 먹기 위해서니까
이 정도는 넘겨버리자. 오늘도 열심히 일해서 돈 모으자!'
이렇게 마음먹으며 활기차게 일할 수 있게 되지 않을까? 하하.

이 별에는 행복을 더하는 맛난 것이 넘쳐난다.

많은 곳을 여행하며 지구를 먹어나가자!

"Happy Capsule"

여행을 하다 굉장히 행복한 기분이 들었을 때,
'아, 이 순간을 캡슐에 넣어 간직하고 싶어!'
라고 생각한 적 없어?

여행뿐만 아니라 그런 행복의 순간을 담은 '행복 캡슐'을
자신의 인생 서랍에 계속해서 보존해가자.

마음속에 '행복 캡슐'을 가득 가지고 있는 사람은
괴로운 일이 있더라도 포기하지 않고 힘낼 수 있어.

인간이란 그렇게 이루어져 있는 기분이 드니까 말이야.

Journey 5
Asia
176

"To Asia"

하와이, 북미, 중남미, 오스트레일리아를 여행하고 왔더니.

거의 전반이 끝난 느낌.

이제 남은 곳은 아시아, 아프리카, 유럽입니다.

뭐랄까, 뭔가 맛있는 것을 마음껏 먹고 싶어.
그렇다면 역시 아시아지!
오스트레일리아에서는 인도네시아가 가까우니까
발리에서 시작해서 아시아를 방랑해볼까?

미고렝, 나시고렝이 먹고 싶어.
타이의 팟타이와 톰양쿵도. 베트남의 월남쌈도.
타이완의 샤오룽바오, 한국의 불고기와 간장게장도.
아시아는 물가도 싸고 마음껏 먹을 수 있으니까
기분이 좋아진다.

무엇을 하고 싶다, 무엇을 보고 싶다는 이야기보다는
무엇을 먹고 싶다는 이야기만으로 흥분하며

우리는 발리로 향했다.

JATILUWIH - BALI, INDONESIA 자띠루위 / 발리 , 인도네시아

"Beautiful Island, Beautiful Woman"

인도네시아, 발리.

바다. 하늘. 꽃. 새. 바람. 소리. 춤. 술. 음식…
모든 것이 화려하며, 모든 것이 평화롭다.

발리는 다양한 매력을 가지고 있지만
내가 생각하는 첫 번째는 역시 산 경사면에 늘어선 계단식 논이다.

이유는 잘 모르겠지만 한 면에 펼쳐진 계단식 논을 보고 있으면
가슴속에 부드러운 기분이 보드랍게 넘쳐흐른다.
일본인으로서는 야자나무와 논바닥이라는 어울리지 않는 조합도 설렘을 부른다.

자띠루위의 시골 언덕에 잠시 앉아
계단식 논에서 불어오는 초록빛 바람을 맞으며
근처에서 산 박소 아얌(닭고기 완자탕)을 먹으며
비가 그친 하늘에 무지개라도 뜨는 날에는
한순간에 이 섬의 포로라도 되어버릴 걸!

만나면 만날수록 좋아진다.
알면 알수록 수수께끼가 늘어간다.
이 섬은 어떤 의미에서 '좋은 여자'와 닮아 있다.

좋은 섬과 좋은 여자의 공통적인 키워드.
그것은 분명 '투명함'인 듯한 기분이 든다.

AYUNG RIVER - BALI, INDONESIA 아융 강 / 발리 , 인도네시아

"Green School"

세계에서 가장 멋진 국제학교라 불리는 그린스쿨.

국제적 감각, 자연에 대한 사랑, 독립심, 체험주의 등
학교의 중심이 되는 철학도 물론 멋지지만 굳이 하나를 꼽자면
이 학교 대나무 건축의 굉장함은 압도적이다. 감동 그 자체.

어려운 팸플릿이나 자료를 읽는 것보다 이 학교의 건물을 직접 보는 것만으로
교육에 대한 자세랄지, 공기가 매우 강하게 전해져 와서
아주 근사한 학교라는 설득력을 더해준다.

함께 교내를 둘러보던 딸 소라는 아주 마음에 들었는지
"나, 이 학교 가고 싶어!"라고 말한다.
세계일주 여행이 끝나면 아마 소라는 발리일지도?

미국에서는 마음이 맞는 부모들이 모여 학교를 운영하는 개성 가득한 홈스쿨이
공립학교의 한 형식으로서 인정받고 있고
일본에서도 자연 속에서 생활하며 배우는 프리스쿨 등이 늘어나고 있어
모두가 똑같이 정해진 학교에 다니는 것이 아니라
아이의 흥미에 맞춘 학교를 선택하는 것이
앞으로는 자연스럽게 여겨지는 날이 올지도 모른다.

모든 아이가 자신이 좋아하는 형태의 학교에 즐겁게 다닌다.
그런 시대가 된다면 다양한 아이들의 출현으로 지구가 즐거워지겠지.

조금 더 심플하게.
조금 더 꼿꼿하게.

'절대로 양보할 수 없는 것'만을 꼭 끌어안고서.

가자. 어디든.

BANGKOK, THAILAND 방콕, 타이

"Mix & Jam"

시끌벅적한 낙원, 방콕!

경유하면서는 자주 들렀지만 여유롭게 온 것은 꽤 오랜만.
어떤 특별한 목적 없이 가족이 함께 마음 내키는 대로 골목을 돌아다니며
한가로이 생활했지만 우왕좌왕하는 사이 3주나 지나버렸다.
이 도시는 참으로 신비로운 힘을 지니고 있다.

'한 그릇에 800원인 이 포장마차 라멘이 너무 맛있어서 멈출 수 없어요!'가
잘 나타난 사진 한 장.

최신 쇼핑몰에서 옛날 그대로인 수상시장까지
세계 최대의 거대한 플리마켓도, 무한히 펼쳐진 포장마차 거리도, 흉악한 빈민가 지대도…
좁은 구역 내에 왕부터 부랑자까지, 인종도 종교도 성별도
모두가 뒤죽박죽 뒤섞인 찬푸루*처럼 정말 질리지가 않는다, 이곳은.

더욱이 방콕의 싼 물가는 역시 매력적.
저렴한 숙소에서 묵으면 식비를 합해도 하루 만 원이면 충분히 생활할 수 있기 때문에
당장 400만 원이 있다면 1년간 일하지 않아도 살아갈 수 있다.
비자에 관해서도 전문업자에게 의뢰하면 어떻게든 되는 것 같다.

방콕만이 아니라 인도의 바라나시나 고아, 터키의 이스탄불,
이집트의 카이로, 과테말라의 안티구아, 에콰도르의 키토…
그 주변 도시도 비슷한 물가 감각으로 살 수 있을 것 같은 느낌.

물론 세계를 돌며 여러 나라를 여행하는 것도 즐겁지만
마음에 든 마을에서 1년 정도 여유롭게 생활해보는 것도 어떨까 싶다.

*야채와 두부 등을 넣고 볶은 오키나와의 대표적인 가정 요리.

평상시엔 되는 대로 갈팡질팡해도
얼마든지 괜찮다.

다만 이것을 하겠다고 스스로 정한 것에 대해서는
'그렇게까지 하냐'는 이야기를 들을 정도로 철저하게 해내자.

할 때는 하자. 죽을 각오로 하자.

이런 사람에게는 기회가 무한히 찾아오니까.

PHI PHI ISLAND, THAILAND 피피 섬, 타이

"Island Trip Days"

타이 푸켓의 먼바다에 자리하고 있는 피피 섬.
히피 마을의 이야기를 그린 영화 〈The Beach〉의 촬영지로도 유명한 섬.

북부의 조용한 해변가에 묵으며
롱 테일 보트로 주변의 섬을 여행하는 나날.

남쪽 섬의 태양 아래, 불안한 작은 배에 타서
바람의 소리를 들으며 한 손에 맥주를 들고 에메랄드 빛 바다를 유랑하는 시간.
도저히 참을 수가 없다.

투명하게 반짝이는 바다와 빼곡하게 반짝이는 물고기.
스노클링할 때에 기분 좋게 전해오는 독특한 감각,
우주를 헤엄치고 있는 듯한 느낌이 들었다.

모두에게는 설레는 포인트가 제각각 있다고 생각하는데
내 경우는 '남쪽 섬', '불안한 보트', '미지근한 바람', '원주민'이 그렇다.
그것이 어우러진 것만으로도 무의식적으로 두근거리고 만다.

자, 오늘도 남쪽 섬의 대모험으로.
싱하 맥주는 챙겼겠지?

잘되지 않는 일도 불행한 일도
이것저것 있겠지만.

의미 없는 고통은 하나도 없다.
의미 없는 실패는 절대로 없다.

중요한 것은 앞으로의 인생을 어떻게 살 것인가.
그것뿐이다.

나는 지금 여기에 있다.
그리고 언제나 지금 있는 곳에서 앞을 바라본다.

VARANASI, INDIA 바라나시, 인도

"Farthest and Nearest"

갠지스 강이 흐르는 마을, 인도 바라나시로.

신성한 강 갠지스가 작은 배에 일렁인다.

이곳은 역시 강렬하다.
더럽고 고약한 냄새에 똥투성이다.
하지만 예전부터 가장 좋아하는 장소.

가족이 갠지스에 있다는 것은 나에게 있어 굉장히 신선한 일.
항상 친구와 함께 작은 배에 타고 갠지스 강을 건너면서
'빨리 일본에 돌아가 가족과 만나고 싶다'고 생각했으며
어떤 의미로 갠지스 강이란 '집에서 가장 먼 장소'와도 다름없었으니까.

사야카도 우미도 소라도 갠지스의 바람이 잘 맞았는지
컨디션이 나빠지는 일도 없이 매일 활기차게 즐겨 주어서 아빠는 안심이 되었다.

시궁쥐처럼 아름다워지고 싶다.

10대 시절부터 들었던 'THE BLUE HEARTS'를 흥얼거렸다.
가족 4명이 있는 그대로 마주보며 살아가고 싶다.

Now, Here.

갠지스 강을 따라 여기저기 흩어져 있는 화장터에서
사체가 차례로 화장되어 가는 생생한 장면을 본다.

인간이 죽는다는 것.
죽음이란 단어를 떠올려도 솔직히 어딘가 막연한 느낌이었다.

하지만
부모님이 죽는다는 것.
남동생 미노루, 여동생 미키가 죽는다는 것.
아내 사야카가 죽는다는 것.
우리 아이들, 우미와 소라가 죽는다는 것.

진지하게 눈을 감으니 가슴이 떨렸다.
마음 깊은 곳에서 무서움을 느꼈다.

죽음의 순간을 인간이 조절할 수 없다고 할 때
내가 할 수 있는 일은, 수줍어 말고 지금 당장 당신을 사랑하는 것뿐이다.

VARANASI, INDIA 바라나시, 인도

"Mother Baby School"

바라나시의 마을에서 갠지스 강의 건너편에 있는 람나가르 성채로.
그 안쪽 깊숙한 곳에 있는 작은 학교.
그곳이 우리의 '마더 베이비 스쿨'.

2008년 봄 친구들과 함께 시작한 이 학교도 벌써 3년이 되었다.
현지 인도인들과 그 지역에서 애쓰고 있는 일본인 스태프,
약 1,000명이 넘는 자원봉사자들, 지원해주는 서포터 모두…
정말로 많은 사람의 LOVE&RESPECT가 결집하여
오늘도 이 공간에는 미소가 넘쳐흐른다.

물론 바라나시에 체류 중일 때는 우미와 소라도 등교!
우미와 소라는 세계 여행으로 아직 학교에 다닌 적이 없기 때문에
자연스레 이번이 첫 학교다.
인생 첫 학교가 바라나시인 일본인 아이라! 어쩐지 멋진걸.

나도 친구의 통역을 받으며 '꿈'을 주제로 1일 수업을 했는데
정말로 즐거운 시간이었다.

카스트라 불리는 신분제도가 아직 짙게 남아 있는 지역의 아이들이기에
내가 체험해온 일본의 상식 따윈 한 웅큼도 통하지 않았지만
이것만큼은 전 인류 공통이다.

가족. 형제. 친구. 연인. 소중한 사람을 소중히 여기며
즐거운 인생을 스스로 만들어 나가는 것.

처음에는 모두들 멍한 얼굴로 듣고 있었지만
어느새 가슴 한가운데에 전해진 듯, 끝날 무렵에는 굉장히 반짝반짝 빛나는 눈동자를 보였다.
그것이 굉장히 기뻤다.

One Love, One World.

세계평화라고 말하면 어쩐지 거창해보이지만.

여행을 하며 그곳에서 친구를 만드는 일.
그것은 누구나 할 수 있는 최고의 평화 활동이라고 생각한다.

해외에 친구가 생김으로써 그 나라 사람들도
나와 똑같이 가족이 있고, 사랑을 하고, 일을 하면서
웃고, 울고, 고민하는 일상을 보내는 한 명의 사람이라는 것을 알게 된다.
그런 당연함을 피부로 느끼게 된다.

'나라와 나라'라는 막연한 이미지가 아니라
'그 사람과 나'라는 따뜻한 체온으로의 연결을 늘려 나간다.

그 연결이 10, 100, 1000의 규모로 커져나갔을 때,
자연스레 이 세상에서 전쟁은 사라질 것이라고 생각한다.

KYUFUN, TAIWAN 지우펀, 타이완

"Happy Time makes Happy Future"

이곳은 지우펀.
영화 〈센과 치히로의 행방불명〉에 나오는 목욕탕의 모델이 된 곳이라 불리는 건물.
지브리의 세계관을 좋아하는 나로서는 더없이 소중했던 장소.

아주 조금이라도 미야자키 하야오를 중심으로 한 지브리의 스태프들이
작품의 무대를 영상화한 현장이랄까, 그 공기 자체를 느끼고 싶었다.
'내가 미야자키 하야오였다면 좀 더 이렇게 하고 저렇게 했을 거야'라며
건방지지만 여러 가지 나름의 이미지를 만들며 즐기는 시간이 행복했다.

타이페이의 야시장 또한 걷는 것만으로도 두근거렸다.
특히 인상적이었던 것은 '금붕어 잡기'가 아닌 '징거미새우 잡기'.
금붕어 잡기와 같은 느낌으로 전체 길이 20cm 정도의 징거미새우를 잡는 것인데
잡자마자 소금구이로 먹을 수 있다. 이게 또 끝내준다.

약속했던 샤오룽바오도 너무나 맛있어서 일주일 동안 5번이나 먹어버렸고
독특한 식감을 가진 망고 풍미의 빙수도 상어 지느러미 수프도 더할 나위 없었다!

일본과 닮아 있는 곳도 많아서 굉장히 친근함을 느끼는 나라, 타이완.
과거에는 일본과의 사이에 여러 가지 괴로운 일도 있었지만
미래를 향해 멋진 관계를 만들어 나가는 것은 우리, 그리고 아이들의 몫이다.

아주 가까운 나라이니 먼저 가볍게 즐기는 것부터 시작.
앞으로도 차분히 오가며 우정을 쌓아가고 싶다는 생각이 든 장소였다.

SEOUL, KOREA 서울, 한국

"Endless Dream"

한국, 서울로.

서점에 가보니 내가 쓴 책의 한국어판이 가득 펼쳐져 있어서 감동!
감사하게도 한국 역시 젊은 사람을 중심으로 많은 사람이 읽어주고 있는 모양이다.

벌써 15년 전의 이야기지만 친구와 조그마한 출판사를 열었을 무렵.
빚에 시달리면서도 목표만은 크게 가져서는
"언젠가 꼭 전 세계 사람이 기뻐해줄 책을 만들자!"라고 말했었다.
조금씩이지만 이렇게 현실이 돼가고 있는 것이 정말로 기쁘다.

지금도 우리의 책을 세계 10개 언어로 발매해서
나라마다 10만 부씩, 전 세계 합계 100만 부 판매 달성이라는 꿈을 꾸며
출판을 사랑하는 세계의 동료와 함께 열심히 달리고 있는 중이다.

돈도 물론 중요하지만 그보다도 종교나 상식, 생활환경 등의 차이를 넘어
전 세계 사람의 마음에 닿는 책을 쓸 수 있는 사람이 되고 싶은 것이
나의 진정한 꿈이랄까.

물론 아직까지는 갈 길이 먼 꿈이지만
말하는 데 돈 드는 것도 아니니 말해둬야지! 하하.

인생학교 40학년.
오늘도 열심히 공부하겠습니다!

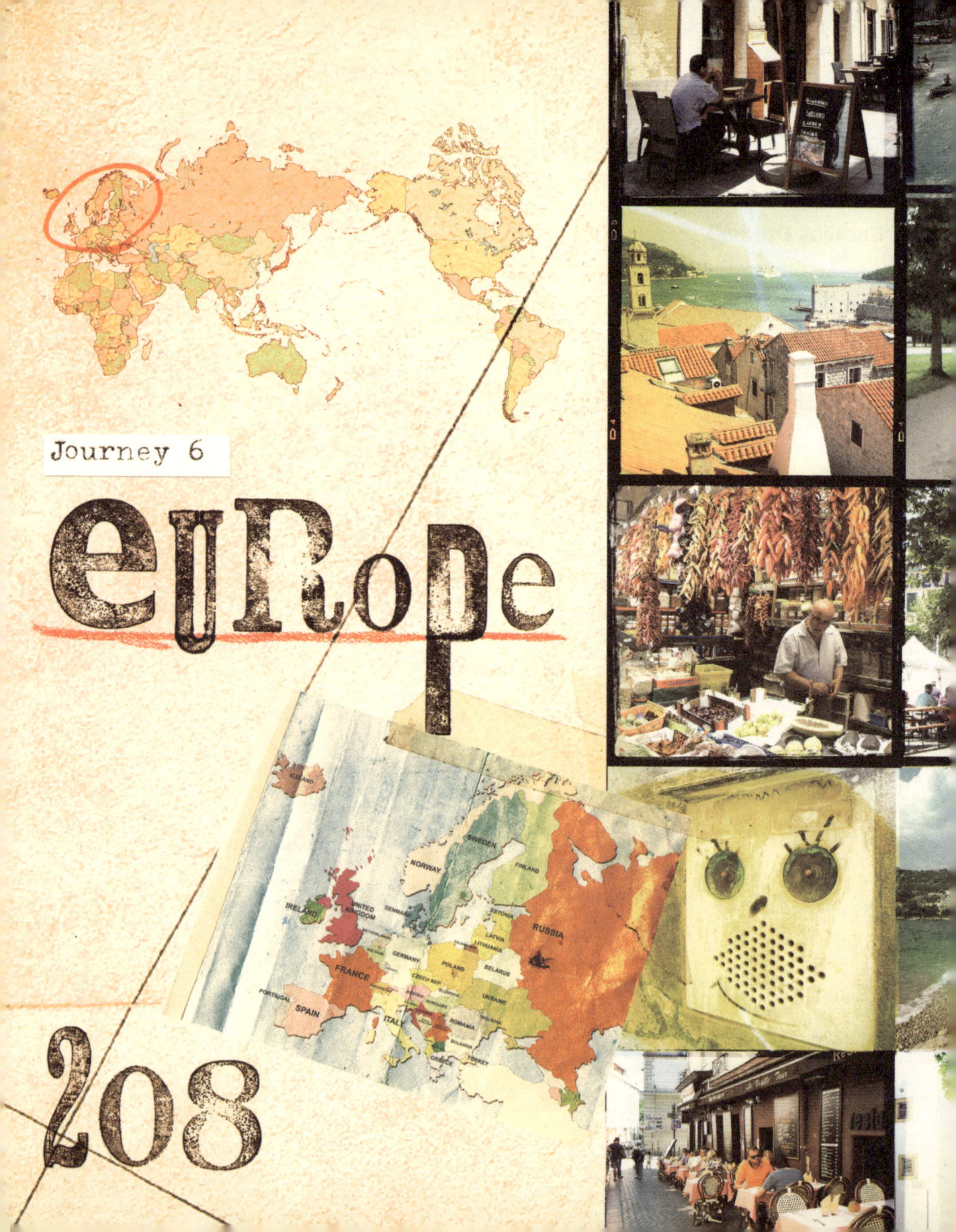

Journey 6
euRope
208

ÉCLAIR CAFÉ
HESSE CAKE
FRUITS DES BOIS
goody cao
FOTO
foto FELIX
GELATI
0-24
0.99
8.99

"To Europe"

북반구도 따뜻해졌으니 다음은 역시 유럽이지.
시작은 어디로 정할까?

음, 가고 싶은 나라는 엄청 많지만
서쪽 끝에서 출발해서 즉흥적으로 동쪽을 향해 나아가면 좋지 않을까?
그래! 서쪽 끝이면… 스페인이네.
좋아. 마침 이비사 섬에 가고 싶었는데 딱이네.

유럽 여행은 스페인 이비사에서 출발해서 마음 닿는 대로 동쪽을 향하자!
기분 내키면 중동 두바이까지 가버릴까!

이런 분위기로 대강의 이미지만을 그리고서.

정신없이 관광지를 돌아다니는 것보다는
각 나라에서 단기 아파트를 빌려 현지인처럼 생활해보고 싶어.

아내 사야카의 이러한 요청도 있어 인터넷으로 단기 아파트에 대한 정보를 찾으며
스페인 이비사 섬으로 향했다.

IBIZA, SPAIN 이비사 섬, 스페인

"Fantastic Island"

스페인, 이비사 섬.

유명한 클럽이 죽 늘어선 댄스의 낙원.
섬 자체가 레이블이라 불릴 정도로 음악의 발원지.
누디스트 비치와 수많은 디자인 호텔이 즐비한 유럽 최고의 히피 리조트.
옛 모습 그대로의 흰 벽이 늘어선 거리가 남아 있는 귀여운 올드 타운.
지중해를 휩쓸던 해적들이 아지트로 삼은 비밀기지.
여름 한철 열심히 일해서 일 년의 절반은 즐기며 생활하는 신이 주신 휴가의 섬.
그리고 세계에서 가장 맛있는 오징어 먹물 빠에아를 먹을 수 있는 섬.

이 정도만 나열해도
좋아하게 될 수밖에 없는 섬.

가족과 함께하든, 친구와 함께하든, 연인과 함께하든
꼭 한번 이비사의 바람을 느껴봐.

분명 세 명 중 한 명은 여기서 살 거라는 말을 꺼낼 테니까.

IBIZA, SPAIN 이비사 섬, 스페인

낙원으로. 악마의 소굴로.

섬으로의 여행은 차원이 다른 세계의 문을 열어버리는 행위.

별 볼일 없는 상식을 부수러 가자.

IBIZA, SPAIN 이비사 섬, 스페인

Yes! You Can!

우리 아이들은 수영을 참 좋아한다.
수영장이든 바다든 강이든 호수든, 물이 있는 곳이면 어디든 수영하려 들기 때문에
이번 여행에서도 실컷 헤엄쳤다.

이것은 수영 이외의 모든 것에도 적용되는데
'스스로 생각해서 해보는' 습관을 지녔으면 해서
항상 방법을 가르치지 않은 채 먼저 스스로 해보게 한다.
일단 위험에 처하지 않을 만큼의 도움은 주지만 나머지는 완전히 방치.

그랬더니 이번에도 재미있는 모습이.

수영하는 방법을 한 번도 가르친 적이 없는데
개헤엄과 자유형을 섞은 듯 희한한 수영법을 개발해서
두 아이 모두 발을 대지 않고 3킬로미터를 헤엄치는 것이다.
아직 6살과 8살인 것을 생각하면 굉장히 놀라운 일.

수영하다 피곤하면 사진처럼 물에 붕 뜬 채로 쉰다.
시간이 조금 지나면 다시 아무렇지 않게 헤엄치기 시작한다.
인어마냥, 꽤 웃겼다.

아이는 기회만 있으면 스스로 생각해서 무엇이든 할 수 있다.
그러니 '지나치게 가르치는' 것에 대해 앞으로도 주의하자.

BARCELONA, SPAIN 바르셀로나, 스페인

"In the Park Guell"

스페인, 구엘 공원에서 연주하고 있던 멋진 아저씨.

인생이 이리저리 어렵게만 느껴질 때
톡톡 어깨를 두드리며 '괜찮아, 여유를 갖고 즐기자고'라고
밝고 따뜻하며 부드럽게 격려해주는 듯한 소리를 연주하고 있었다.

인간이라는 생물은 깊으면서도 한편으로는 정말 얕다.

그도 그렇게, 인생을 이리저리 어렵게 생각하다가도
한 템포의 음악 하나로 갑자기 행복해지기도 하니까 말이다.

역시 이 얕음이 있기 때문에 인간은 살아갈 수 있는 것일지도 모른다.

BARCELONA, SPAIN 바르셀로나, 스페인

"Origin of Inspiration"

스페인, 바르셀로나.

사진은 건축가 가우디가 설계한 성당, 사그라다 파밀리아의 내부.

이 사람이 만든 공간에 있으면
언제나 내 안에 있는 무언가가 파괴되는 쾌감을 느낀다.

세상에는 이른바 평범하지 않은 색다른 건축물이 셀 수 없이 많은데
도대체 왜 이 사람의 작품은 인종과 국경을 넘어
이리도 많은 사람의 마음에 전해지는 것일까?

이런 의문을 가지면서 그의 작품을 보고 전기를 읽어보다가
한 가지 느낀 것이 있다.

그는 건물을 설계할 때 '자연'을 모티브로 하는 듯하다.
물의 흐름, 산의 경사, 빛이 비치는 각도, 낙엽이 쌓이는 방식…
그런 것을 참고하여 디자인하기 때문에 전혀 본 적이 없는 기발한 건물임에도
마음속 어딘가 안심이 된다고 할까, 안정을 주는 것인지도 모른다.

'자연은 항상 열려 있으며 힘써 읽기에 적절한 위대한 책이다.'
'아름다운 형태는 구조적으로 안정되어 있다. 구조는 자연에서 배워야 한다.'
(안토니오 가우디)

자연이라는 교과서를 자신의 감성으로 읽으며 작품을 만드는 삶. 멋지다.
새로운 시점을 전해줘서 고마워요.

VENICE, ITALY 베네치아, 이탈리아

"Happy Map of Future"

아내와 딸의 즐거워하는 뒷모습을 보면서 걷는 이탈리아, 베네치아 거리.

다행이다.

이 두 여성이 언제까지나 행복할 수 있도록.
남편이자 아빠인 내가 할 수 있는 일.

이번 인생에서는 그것을 열심히 해나갈게.
맡겨둬.

언젠가 시간이 흐른 뒤 딸 소라가 자신의 딸을 낳아
사야카와 소라와 손녀, 여자 셋이서 즐겁게 걷는 뒷모습을 본다면, 정말이지…

아빠는 분명 울어버릴 거야.

물론 인생은 자신만의 것이니까 소라가 자유롭게 살아간다면 그걸로 충분하지만
앞선 장면도, 기대하고 있는 미래예상도의 하나다.

PARIS, FRANCE 파리, 프랑스

What is RICH?

파리 교외, 길 위에 넘치는 자유로운 책방.

어떻게 보면 '상설 플리마켓' 같은 느낌으로
팔기 위한 판매가 아니라 모두 정말로 좋아하는 것을 팔고 있다.

각각의 가게가 자신의 의지와 신념을 관통하여 표현하는 까닭에
그것이 손님에게도 전해지는 것일까.
어느 가게건 나름의 손님들이 있어 북적대는 느낌이었다.

이런 분위기에 흠뻑 젖어 늘어선 책방을 돌아다니다
일본어를 할 줄 아는 아주머니가 있어 가볍게 인사를 건넸더니 이런 말을 했다.

"젊을 때에는 돈을 많이 모아 부유한 삶을 살고 싶어서 아등바등 일했는데
어느 날 문득 뭔가 잘못됐다는 걸 깨달았죠.
역시 좋아하는 일, 좋아하는 사람에 둘러싸여 살고 싶다는 생각이 들었어요.
그래서 일을 그만두고 좋아하는 사람과 함께
좋아하는 책과 잡화를 파는 생활을 시작했지요.
지금은 돈은 그렇게 많지 않지만 어떻게 보면 아주 부유한 생활을 손에 넣은 거죠."

그곳에서 산 프랑스어판 가쓰시카 호쿠사이*의 책도,
역시 자유로운 신념을 물씬 풍기는 좋은 책이었다.

*일본 에도시대에 활약한 목판화가로 우키요에의 대표적인 작가, 19세기 일본 미술가 중 가장 뛰어난 한 명이라 일컬음.

PARIS, FRANCE 파리, 프랑스

226

"Everybody is Artist"

파리의 길목에 넘쳐나는 크레페 가게.
크레페 반죽에 초콜릿이나 크림으로 그림을 그리는 크레페 아트.

나는 단 것을 좋아하지 않아 처음에는 별 흥미가 없었는데
직원의 굉장한 손놀림을 보고는 깜짝 놀랐다.

카페라테의 거품을 디자인하는 라테 아트,
상상하지도 못한 모양의 빵을 만드는 아트 브레드,
쌀알에 섬세한 문양을 그려내는 라이스 아트⋯

세계적으로 유명한 미술관이 많은 파리.
물론 미술관에 걸려 있는 작품도 많은 영감을 줬지만
역시 예술이란 미술관 안에만 있는 것이 아니다.

일상의 평범한 생활 속에서도 이렇게나 멋진 예술이 가득 넘쳐난다!

그런 시각으로 거리를 걸으면 왠지 모르게 더욱 즐거워진다.

PARIS, FRANCE 파리, 프랑스

"Never Change"

오늘 밤은 아내 사야카와 둘만의 파리 데이트.

아이들은 호텔방을 지키고 있지만
빨리 자라는 잔소리 없이 늦게까지 놀 수 있어서 오히려 즐거워하는 눈치.

멋진 레스토랑에서 근사한 저녁 식사를 마친 후
사야카가 염원하던 물랑루즈를 관람.
카페에서 느긋하게 얼굴을 마주본다.

둘이서 파리를 거닐다니, 마치 신혼여행 같아.
말은 이렇게 하지만, 역시 대화는 아이들 이야기가 중심이다.

내 꿈은 아유무의 '아내'를 궁구하는 것.
그리고 우미와 소라의 '엄마'를 궁구하는 것.
이번 인생은 그것만으로 충분해.

함께 파리의 거리를 걸으며
처음 만난 순간부터 지금까지 변함없는 사야카의 '중심'을 어루만졌다.
살포시 행복한 기분에 잠겼다.

DUBROVNIK, CROATIA 두브로브니크, 크로아티아

"Feeling is Great Guide"

크로아티아의 두브로브니크.

미야자키 하야오의 〈붉은 돼지〉, 〈마녀 배달부 키키〉의 배경으로 알려진
아드리아 해의 항구 도시.
기분 좋은 바닷바람도, 에메랄드 빛 바다도, 세계유산의 멋진 시가지도.
천국의 맛, 굴과 와인도.

위험하다. 황홀할 지경이다.
정말 좋아하는 바르셀로나의 이비사와 나란히, 아니 뛰어넘을 정도로
나에게는 유럽 최고의 도시일지도?

이 마을을 걷고 있으면 마치 키키라도 된 것마냥
조금만 들떠도 금방 빗자루를 타고 날 것 같은 기분이 들어 무섭다.
아니, 아니, 농담이 아니라 정말이라니까!

크로아티아가 어디에 있는지도 잘 몰랐고
그렇다 할 이유도 없이 왠지 느낌만으로 들러본 것이었는데
이렇게나 굉장한 장소와 만날 줄이야.

역시 새삼 느꼈다.
'왠지 느낌만으로'
아무렇지도 않게 인생을 즐길 수 있는 중요한 키워드일지도 모른다.

DUBAI, UAE 두바이, 아랍에미리트

"Balance"

유럽 여행을 끝내고 아랍의 거대도시 두바이로.

참고로 모형이 아니라 빌딩 옥상에서 촬영한 실제 사진이다.

사막에 둘러싸인 작은 어촌 마을이 오일 머니를 통해
불과 수십 년 만에 엄청난 속도로 세계적인 대도시가 됐다는 것이 특징으로
지금도 한창 건설이 진행 중이다.

약 120만 인구 가운데 무려 80퍼센트 이상이 외국인이라
거리에서 마주치는 인종의 풍부함은 뉴욕 이상이라 느꼈다.

어디를 걸어도 자연이랄까 대지의 향기가 거의 나지 않으며
좋은 의미든 나쁜 의미든 '생활하는 디즈니랜드' 같은 감각이 느껴졌다.

세계 최대의 쇼핑몰에서 쇼핑을 하고,
세계 최대의 수영장에서 수영을 하고, 세계 최대의 실내 스키장에서 스키를 타고,
세계 최대의 분수 쇼를 즐기고, 세계 최대의 고층 빌딩에서 야경을 즐기고…

매일 인공적으로 만들어 올린 '세계 최대'에 둘러싸여 즐기는 일상은
정말로 즐겁기는 했지만, 솔직히 무언가를 생각하게 하는 시간이기도 했다.

인간이 평화롭고 기분 좋게 생활하기 위해 필요한 것은 무엇일까?

다음에도 이 거리를 지나며 천천히 사색해보고 싶다.

DUBAI, UAE 두바이, 아랍에미리트

"With"

현재 기온 49도! 두바이의 태양이 이글거리는 사막에서!

오키나와에서 태어난 우미와 소라가 만난 인생 최초의 사막.
끝없이 펼쳐진 사막을 보며 한마디.

"사막은 여러 가지 색이 있어 예쁘다!"

여러 가지 색? 예쁘다고?

같은 시각, 같은 장소에서 같은 풍경을 보고 있는데도
아이들의 눈에 비치는 세계는 한층 더 선명하고 다채로운 모양이다.
좋겠네. 부럽다!

우리 아이들뿐 아니라 다른 아이들과도 천천히 이야기를 나누다 보면
가끔씩 인디언이나 에스키모의 노인과 이야기하고 있는 듯한
어쩐지 신기한 기분이 든 적, 없어?

아이란 이따금씩 굉장한 말을 내뱉는다.
심장 한가운데를 쿡 찌르는 말이랄까,
심플한 원점으로 되돌아가게 하는 말이랄까.

정말로 육아는 영감의 원천이다.
단순히 가르치며 키우는 교육이라 생각하면 어쩐지 별 감흥이 없지만
함께 배우며 자란다는 감각으로 생각하면 바로 깨달음이 온다.

어이, 아이들. 함께 커가자고!

"Life is Colorful"

나를 안다는 것은 타인을 안다는 것.

여행을 하고, 책을 읽고, 영화를 보고…
방법은 뭐든 좋다.
가능한 많은 사람의 감정과 삶의 방식에 닿아보고 싶다.

왕부터 거지까지, 성자부터 범죄자까지,
지구의 끝에서 생활하는 꼬마부터 이웃 아주머니에 이르기까지,
모두가 가슴속에 각자의 '소중한 것'을 지니고 있다.

좋지도 나쁘지도 않은, 있는 그대로의 눈빛으로
다양한 삶의 방식에 닿아보는 것.

그러면 자연스레
내 안에 있는 '소중한 것'을 알게 된다.

Journey 7
AFRICA
238

Lagos
Brazzaville
Kinshasa
Luanda
Windhoek
Harare
Cape Town
Nairobi
VICTO
WHA

"To Africa"

세계일주도 드디어 대단원을 향해.
기대를 가득 품고 아프리카 대륙으로.

아프리카는 아무래도 치안이 불안한 곳이 많은 탓에 지금까지와 같이
마음 닿는 대로 돌아다니는 스타일로는 조금 무리가 있을지도.
사전에 예약해두지 않으면 여비도 비싸지고.
그래서 드물게도 대부분의 움직임을 정해서 예약을 해놓기로.

먼저 아이들이 세계일주에서 가장 기대하던 장소.
케냐, 그리고 탄자니아의 야생동물 왕국을 만끽하러 가자!

거기서 동해안을 남하하여 남아프리카까지 가서.
케이프타운 거리에서 아프리카의 도시를 맛보고 싶다.
그리고 마지막은 아프리카 대륙의 남단인 희망봉에서 마침표를 찍는 것으로 결정.

예방주사를 맞는 것도 잊지 않고, 동물도감과 쌍안경을 양손에! 준비 완료!

자, 미지의 대지로.

NAIROBI, KENYA 나이로비, 케냐

"To be Frank"

아프리카 대륙 여행의 시작은 케냐에서.

나이로비 공항에 도착해서 이번 여행의 가이드를 맡아줄 조지와 합류.

케냐와 탄자니아는 그가 정한 코스로 진행하는 여행이기 때문에
어떤 사람일지 굉장히 흥미가 있었는데, 만난 순간 그의 한마디.

"함께 여행하게 된 조지예요. 잘 부탁해요. 짧은 시간이니까
서로 마음을 열고 부딪치며 가봅시다."

그 말을 듣고 이 사람 진국이라 생각했다.
일반 가이드와는 조금 다르지만, 분명 좋은 시간을 보내게 해주겠구나 하고.

세계 어디든 마찬가지겠지만 서로 상식도 습관도 다른 사람들끼리
상대의 본심을 떠봐도 이해할 리 없으며 귀찮기 그지없다.

처음부터 먼저 털어놓는 일.

모든 것은 거기에서 시작된다.

과거나 미래가 아닌 지금부터.
어딘가가 아닌 여기부터.

계속 움직이자.
계속 변화하자.

언젠가 죽음이 찾아오거든
즐거웠던 일이든 괴로웠던 일이든, 전부 통틀어
내가 걸어온 모든 길을 사랑할 수 있도록.

AMBOSELI NATIONAL PARK, KENYA 암보셀리 국립공원, 케냐

"African Great Plains"

아름다운 코끼리 뒤로 펼쳐진 킬리만자로.
역시 압도적이다.

그야말로 '라이온 킹'의 세계에 둘러싸여
우미와 소라도 기분이 들뜬 채로
이상한 춤 같은 걸 개발했다.

세계 곳곳을 오가며 여러 대자연을 봐왔지만
역시 아프리카 평원의 웅장함은 강렬하다.

아프리카 대륙을 남북으로 종단하는 거대한 지구대,
그레이트 리프트 밸리의 한 모퉁이를 지나
넷이서 덜컹덜컹 몇 시간을 차 안에서 흔들리고 있으니

뭐랄까, 마음도 몸도 고요히 파워업이 되어
서서히 머리가 맑아지는 것을 느꼈다.

그런 케냐의 저녁이었다.

하쿠나 마타타(Hakuna Matata)!
괜찮아. 잘될 거야.

LAKE NAKURU NATIONAL PARK, KENYA 나쿠루 호수 국립공원, 케냐

248

케냐 나쿠루 호수!
플라밍고와 펠리컨의 거대한 무리와 조우.

굉장하다.
어쩐지 보는 것만으로도 눈물이 나왔다.

역시 지구는 아름답다.

P.S.
사진에는 찍히지 않았지만
사실 현장은 지독한 냄새와 시끄러운 울음소리로
낭만은커녕 아수라장이 따로 없었다. 크으.

옳은 이론이 아닌 아름다운 노래를 부르자.

MASAI MARA NATIONAL PARK, KENYA 마사이마라 국립공원, 케냐

Balloon Safari!

케냐 마사이마라에서 열기구 사파리.
이거 기대 이상으로 끝내준다.

아침놀의 포근한 빛에 둘러싸인 초원을
기구에 타서 둥실둥실 떠다니는 작은 여행.

엔진 소리 없이 그 신기한 부유함에 둘러싸여
공중에서 바라보는 대지의 광대함이란 정말이지 입이 떡 벌어진다.
뭐랄까, 이 체험으로 지금껏 사용하고 있던 '대지'라는 단어의 의미가
바뀌어버린 듯한 기분이 든다.

내려다보이는 탁 트인 시야가 너무나도 광대해서
비가 내리는 지역과 맑게 갠 지역이 한눈에 보이고
크고 작은 동물 무리의 움직임이 전부 내려다보이는 까닭에
아주 잠시 신이 된 듯한 기분이 들었다.

항상 큰 소리로 시끌벅적 떠들던 우미와 소라도
밝은 햇살에 눈을 가늘게 뜨고 조용히 먼 곳을 응시한다.
지금까지 본 적 없는 투명한 표정이었다.

착륙 후 초원 한가운데에서 먹는 아침 식사도 최고였고
아프리카에 가게 된다면 부디!

"On the Crossroad"

인생은 즐기기 위해 존재한다.

스무 살에 대학을 중퇴하고서 20년간.
세상의 고리타분한 상식에 가운뎃손가락을 세우고 빌어먹을 궁핍함은 웃어넘기며
언제고 머리에 불꽃 튀는 채로 좋아하는 것에 열중해왔다.

괴로운 시기가 지속되어도 걱정은 필요 없다.
성공할 때까지 하면 분명 성공하니까 그저 포기하지 않고 끝까지 버틸 뿐.

눈에 보이는 결과가 나온 순간, 모든 것은 변한다.
주위의 평가는 180도 전환한다.

실패를 '경험'이라 부르고, 제멋대로를 '신념'이라 부르며,
자기만족을 '독창성'이라 부르고, 의미 불명을 '참신'이라 부르며,
협동심 없는 것을 '개성'이라고 그들은 말한다.

주위의 반응에 좌지우지되지 말고
자신에게 소중한 것만을 꽉 끌어안고서.

마음 한가운데에 있는 무언가를 믿으며, 표현을 멈추지 않는 모든 사람에게.
떨리는 응원을 보낸다.

단 한 번뿐인 인생.
좋아하는 것 안 하면 뭐할 건데?

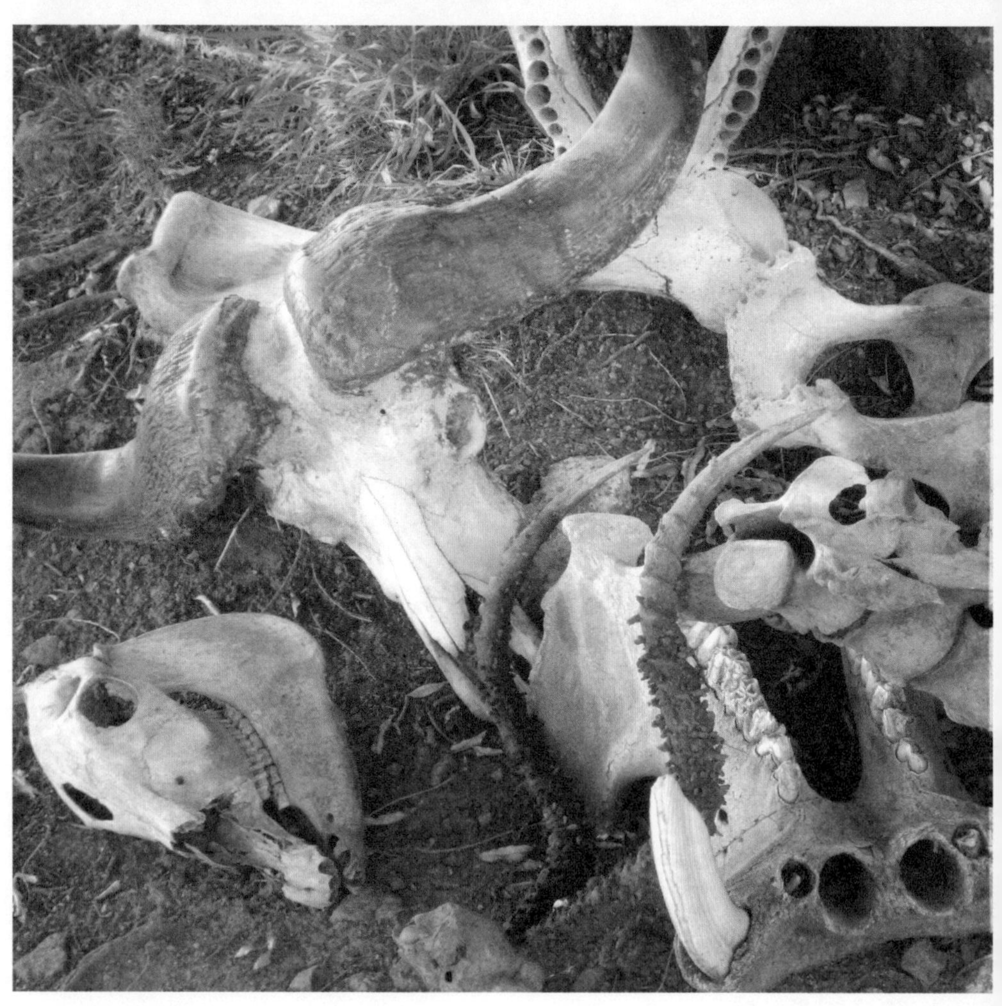

비에도 지지 않고* 다카하시 아유무 편 2012 summer

비에도 지지 않고, 바람에도 지지 않고
좋아하는 것이 좀처럼 돈으로 이어지지 않는 고통이나
하찮은 질투나 짓궂은 말에도 지지 않는 튼튼한 마음과 신체를 가지고
욕심은 있지만 가끔씩밖에 화내지 않으며

항상 남색의 머릿수건을 쓰고 돌아다니며
하루에 담배 두 갑과 콜라, 피자, 오키나와 소바를 먹고
모든 일을 내 몸으로 자세히 보고, 듣고, 느끼고, 소중한 것 이외는 전부 잊어버리며

바다 가까이에 자리한 커다란 집에서 가족과 화목하게 살며
좋은 음악이 흐르고 맛있는 요리와 술이 있고
친구들이 왁자지껄하며 늘 기분 좋은 바람이 불며

북쪽에 오로라가 나왔다는 소리를 들으면 달려가서 지구의 웅장함을 느끼고
남쪽에 좋은 무인도가 있다는 소리를 들으면 헤엄쳐 건너가 생명력을 수련하고
동쪽에 고민하고 있는 친구가 있으면 한 손에 술을 들고 찾아가 아침까지 이야기 나누고
서쪽에 소중한 사람이 괴로워하고 있으면 목숨 걸고 지키러 가며

슬픈 밤은 최고의 ROCK으로 스스로를 격려하고
그래도 슬픈 밤이면 혼자 조용히 눈물을 흘리며

모두에게 자유인이라 불리며 칭찬받고 미움받기도 하며
이번 인생에서 만난 소중한 사람들을 소중하게 대하며 이대로 즐겁게 살아가다가
언젠가는 아내 사야카의 손을 잡고 웃으며 함께 눈을 감는다.

그런 사람이 나는 되고 싶다.

*동화작가이자 시인인 미야자와 겐지(宮沢賢治, 1896~1933)의 유명한 시 〈비에도 지지 않고(雨ニモマケズ)〉를 리메이크.

"Roots"

인류 발상의 땅, 아프리카를 여행하면서.

보다 많은 사람과 이어지고 싶다는 생각이 들었다.

다만 그것은
이른바 언어와 피부색, 종교, 습관, 과거를
'넘어' 연결되는 것이 아니라.

보다 인류 공통의 느낌.
전 세계 모든 인간의 마음속 깊은 곳에 흐르는
지하수와 같은 느낌으로 완만하게 연결되고 싶다.

인간, 모두가 엄마의 자궁에 있을 때부터 가지고 있는 듯한
따뜻한 무언가.
거기서 심플하게 이어져 만난다면 최고겠지.

우선은 눈앞에 있는 당신과 말이야.

In the Beginning was the Word.

‘태초에 말씀이 계시니라’
성서의 첫머리에 적힌 문장을 보고 놀랐다.

나 자신이 매일 실감하고 있는 말.

기껏해야 말, 그래도 역시 말.

말로 표현하는 것으로
마음은 의지가 된다.
생각은 메시지가 된다.
혼자만의 것이 모두가 나눌 수 있는 것으로 변한다.

인간은 지구상에서 말을 가진 유일의 생물.
그 힘을 활용해야만 한다.

자신이 표현하는 말을 아주 조금 의식해보자.
그것만으로도 인생은 크게 변할지도 모른다.

CAPE TOWN, SOUTH AFRICA 케이프타운, 남아프리카공화국

"Journey with You"

케이프타운에서 자동차와 배를 번갈아 타며 땅끝을 향했다.

이름 없는 모래사장을 걸으며 문득 생각했다.
여행이라는 것은 무언가를 찾거나 발견하기 위한 것만이 아니다.
이미 있는 것을 깊게 하거나 따뜻하게 하는 여행이기도 하다.

여행의 즐거움은 여러 가지가 있겠지만
나는 혼자 하는 여행보다도 소중한 사람들과 함께
웃고 싸우며 전진하는 여행이 좋다.

앞으로도 아내와 함께, 아이들과 함께
그리고 모든 사랑하는 친구들과 함께.

실컷 여행하며 지구 곳곳을 빠짐없이 즐기면서
언젠가 죽는 그 날까지
서로의 인생을 천천히 포개어가고 싶다.

CAPE OF GOOD HOPE, SOUTH AFRICA 희망봉, 남아프리카공화국

264

"Always & Forever"

사진은 딸 소라가 찍어준 우리 두 사람.
아프리카 대륙의 남단, 희망봉에서.

그리고 오늘, 11월 20일은 사야카와의 결혼기념일!

갈색 머리의 양키였던 스무 살 무렵에 처음 만나
인생의 절반인 20년이라는 시간을
이 여성과 함께 새겨왔다.

그래서 하는 말은 아니지만
'인생의 절반을 이 사람과 살아왔구나' 하고 생각하면
가슴속에서 지그시 흘러넘치는 무언가가 있다.

여행과 인생은 같다.
어디로 갈지가 아닌 누구와 갈지.
무엇을 할지가 아닌 누구와 살아갈지.

사야카, 가족, 친구들.
나는 최고의 사람들과 함께 여행을 하고 있다. 살아가고 있다.

40세가 된 지금.
조금의 망설임도 없이 그렇게 단정 지을 수 있음이
무엇보다도 행복한 일이란 것을.

그런 투명한 행복감에 둘러싸여 보내는 오후.

까닭없이 'THE BLUE HEARTS'를 들으며
라멘 한 그릇이 먹고 싶은 오늘이다.

JAPan

"Japan Trip"

아프리카 여행을 끝내고 드디어 세계일주도 마지막에 이르렀습니다.

세계일주의 마지막은 역시
일본을 자동차로 돌아보는 여행을 택했다.

이번 생애 일본인으로 태어난 아이들에게
가능한 다양한 일본을 피부로 느끼게 해주고 싶은 마음도 있었다.

홋카이도의 니세코에서 시작하여
세계일주를 떠나기 전까지 생활했던 오키나와에 이르기까지 마음이 향하는 대로.

계절은 겨울. 온천과 맛집 투어가 될 듯한 예감에
아내 사야카도 크게 기뻐했다.

오랜만의 국내여행으로 지금까지 느끼지 못했던 미묘한 안정감이 감도는 가운데,
우리는 홋카이도로 향했다.

NISEKO, JAPAN 니세코 , 일본

"Father and Son"

홋카이도, 니세코로.

눈을 사랑하는 전 세계의 히피족이 모이는 마을인 만큼
역시 이곳은 굉장히 기분 좋다.

오키나와 출생의 두 아이는 이제 눈 놀이라면 최고로 즐거운 모양이다.
두 사람 모두 꺅꺅거리며 행복한 얼굴을 하고 있다.
덕분에 아빠도 한껏 기분이 들뜨네.

게다가 밤에 온천을 하고 있을 때.
정말로 기쁜 일이 있었다.

사나이끼리의 시간이라 하여 아들 우미가 등을 밀어주었는데
내 등을 비누로 씻으면서 뭔가 글자 같은 것을 쓰고 있기에
의식을 집중해 보았더니

거칠면서도 부드럽고 정중하게
'고·맙·습·니·다'를 쓰고 있는 게 아닌가.

처음에는 믿을 수 없었지만 곧이어 뭔가가 벅차오르며
눈물이 나올 것만 같았다. 아니, 나왔다.
물론 얼른 얼굴을 씻고 태연한 척했지만!

우미, 그리고 소라.
나야말로 항상 고맙구나.
너희들이 있기에 나도 행복하단다.

ISHINOMAKI, JAPAN 이시노마키, 일본

272

On the Road.

활기 넘치는 항구 도시, 미야기 현 이시노마키.

동일본대지진이 일어나고 정확히 2주 후,
세계일주를 잠시 중단하고 방문한 곳이 이시노마키였다.

처음에는 바로 여행을 재개할 예정이었지만
현장의 실상을 몸소 체험하며 '나에게도 할 수 있는 일이 있다'고 느껴져
사야카와 우미와 소라에게 상황을 잘 설명하고서 도쿄에서 기다리게 한 뒤
이시노마키로 향했다.

그리고 전국에서 모인 동료들과 함께 자원봉사 마을을 세워 약 반년 동안.
문자 그대로 땀과 눈물과 웃음이 넘치는 농후한 시간을 보낸 특별한 장소.

바로 그 이시노마키에 이번에는 가족과 함께 올 수 있어서
기쁜 마음에 저거 먹자! 이거 사자! 그곳에 가자! 저기서 놀자!
마치 가이드마냥 두근두근 설레는 마음으로 돌아다녔다.

이 해물덮밥 한 입만 해도, 정말 끝내주지 않아?
먹는 것뿐만 아니라 술도, 잡화도, 놀이도, "이거 끝내줘!"로 가득하다.

예전 그대로 남아있는 것에 새로운 것도 점점 더해져서
'맛있다! 즐겁다! 기분 좋다!'가 넘쳐나는 항구 도시, 이시노마키.

나도 변함없이 이따금씩 들르고 있기 때문에
혹시 현지에서 만난다면 함께 놀아봅시다.

FUKUSHIMA, JAPAN 후쿠시마, 일본

274

Beautiful Snow Party!

자연의 낙원, 후쿠시마로.

사진은 후쿠시마의 와시쿠라 온천 근처에 있는 비밀의 절경 포인트에서
꺅-꺅- 흥분한 끝에 마침내 눈과 동화돼버린 아이들!

후쿠시마에 사는 친구가 기가 막힌 눈 놀이의 달인이라
그들의 일상에 섞여 노는 것은 정말로 즐거웠다.
지금까지 지구를 돌며 온갖 놀이를 섭렵했다고 생각했는데
눈이 쌓인 산에서 노는 것이 이렇게나 재미있고 기분 좋은 일이었다는 것을
처음으로 실감했다.

이번 여정에서는 오래 전부터 어울리던 친구들이
일본 각지에서 각자의 가족과 함께 모여 왁자지껄하게 보냈는데
아이부터 어른까지 모두가 마음껏 즐기며
사랑이 가득한 시간이었다.

가족과 함께 후쿠시마로 가게 되면 당연히 걱정되는 방사능 수치에 대해서도,
이번에 머물렀던 장소(아르쓰반다이 스키장·와시쿠라 온천 부근)에서 실제로 측정해보니
평균 0.1~0.2uSv/h. 즉, 도쿄의 롯본기나 아오야마와 같은 레벨.(2013/1/3기준)
장소에 따라서는 도쿄보다 낮은 곳도 있다는 것이 '현실'이었다.
놀랍죠?

뭐, 방사능뿐만 아니라 미지의 것과 만났을 때에는
'잘 알지 못한 채 히스테릭하게 허둥대는' 것이 아니라
'똑바로 안 뒤에 확실하게 주의하는' 자세로 살아가야겠다고 다시 한 번 생각했다.

고통스럽고, 힘들고, 때로는 포기하고 싶어져도.

어느 누구도 발을 들여놓지 않은 장소를 걷는 것은
역시 기분 좋은 일이다.

YES!

GO FOR IT!

NIKKO, JAPAN 닛코, 일본

"As a Japanese"

닛코, 도쇼구.

물이 흐르는 소리가 몹시도 부드러워

무심코 멈춰 서서 잠시 눈을 감았다.

세계의 여러 '물소리'를 들어왔지만
역시 일본에서 듣는 소리는 각별하다.
어쩐지 충족되는 감각이 있다.

멋들어지게 표현하지는 못하지만 쌀밥과 미소시루와 닮아 있는 느낌이랄까.
세상에 맛있는 요리가 아무리 많아도
일본인의 위 속에는 쌀밥과 미소시루이기에 충족되는 영역이 있지 않을까?
뭐랄까, 그곳에 손을 대고 있는 느낌이다.

세계를 여행하며 '지구인이네요'라는 소리를 들을 때가 있지만
그건 조금 다르다. 나는 일본인이다.

이번 생애.
이 시대, 이 나라에 태어난 나이기에 할 수 있는 일.
그것을 힘껏 해나가고 싶다.

HIKONE, JAPAN 히코네, 일본

인생은 흥이다, 흥!
얏호-!
by 히코냥(?)*을 입은 멋진 아저씨

*시가 현 히코네 시의 국보인 히코네 성 축성 400년 축제를 기념하여 만든 이미지 캐릭터

KYOTO, JAPAN 교토, 일본

282

"The Five Senses"

세계일주를 하고 나니 새삼

교토는 '색'이 멋지다고 느꼈다.

특히 은각사로 대표되는 이 농익은 그윽함을 풍기는 아름다움.

이것은 정말이지 세계에서 본 적이 없는 풍미로
교토 특유의 '색'일지도 모른다는 생각이 들었다.

색, 소리, 향기, 맛, 촉감.

외국인에게 '일본'이라는 나라를 전할 때에는
머리를 써가며 복잡하게 설명하는 것이 아니라
오감으로 충분히 느끼게 하는 것이 빠를지도 모른다.

HIROSHIMA, JAPAN 히로시마, 일본

"Life Goes On"

소중한 친구가 아빠가 됐다는 소식에
가족과 함께 축하하러 히로시마로!

예전부터 즐거운 일은 물론
힘든 일도 함께 극복해온 친구이기에
정말이지 내 일처럼 기뻤다.

그렇다 해도 세계 곳곳을 돌아다니던 보헤미안 프로듀서가
딸 앞에서는 사족을 못 쓰는 것을 보고
아마 당분간 일은 못하겠구나, 하는 공기가 사방에 넘쳐흐른다.

10대, 20대 무렵의 나에게는 상상도 할 수 없는 일이었지만
이렇게 우리도 30대, 40대가 되어
나에게도 가족이 생기고 친구에게도 가족이 생기며
우리를 감싸는 테두리가 넓어졌다.

맛있는 생굴을 먹으며 '시간의 흐름' 같은 것을 느끼며
어쩐지 따뜻한 기분이 들었다.

하지만 아직 인생의 절반에 불과할 뿐, 진정한 즐거움은 지금부터다.
나이를 먹을수록 즐겁고 멋진 인생을 함께 보내자.

LET'S PLAY EARTH! with PRAYING PEACE.

"Family Rule"

최근 10살이 된 아들 우미가
친구와 싸우게 됐을 때의 '폭력'에 대해 상담을 신청해왔다.

"엄마는 아무리 친구가 잘못했더라도 손을 대서는 안 된다고 하는데 이상하지 않아?
나는 당하기만 하는 건 싫어요. 아빠, 친구가 잘못했을 때에는 반격해도 돼?"

그렇구나. 이거 흥미로운데.
자, 그럼 엄마도 함께 가족회의를 하자!

모두가 여러 이야기를 나눈 끝에 새로운 가족 규칙이 결정.

'남자의 미학으로서 동생과 여자 아이의 경우 공격을 받더라도 참는다. 반격 금지!'
'그러나 친구나 형으로부터 공격당했을 경우에 한해서는 반격해도 좋아.
다만 도구 없이 맨손으로만!'

"응, 알았어요!"
규칙이 정해지자 아들 우미도 납득하고선 기분이 개운해진 모양이다.

그런데 아이는 말로 능숙하게 표현을 못할 뿐이지
정말로 많은 생각을 마음속에 품고 있구나.

얼마 전까지만 해도 아직 아기라고 생각했는데
벌써 다 컸구나 하는 실감이 들었다.

HIROSHIMA, JAPAN 히로시마, 일본

"My Promise"

히로시마 시의 거의 중앙부, 아이오이바시 근처의 골목에 있는 폭심지.

1945년 8월 6일 오전 8시 15분.
이 빌딩의 상공 580미터에서 원자폭탄이 폭발했다.

나는 자료관을 몇 번 견학했을 뿐,
원폭에 대해 자세히 알지 못하며 주위 사람이 피폭되지도 않았다.

다만 이번에 가족과 함께 히로시마에 와서 새삼 느낀 게 있다.

'평안히 잠드소서. 잘못은 반복하지 않을 테니까'

위령비에 새겨진 이 짧은 한마디는 단순한 문장이 아니다.
누군가가 생각한 허구도 아니고 아주 먼 옛날의 이야기도 아니다.
1945년에 실제로 일어난 사실로서, 잃어버린 수십만 목숨과
지금도 계속해서 고통에 시달리고 있는 수많은 아픔의 문장이다.

후쿠시마에서 일어난 원자력발전소의 사고도 포함하여
이번 인생에서 우리는
세계에서 원자력이란 공포를 가장 잘 알고 있는 나라로 태어났다.

그러므로 앞으로 어떻게 할지는 사람마다 제각각이겠지만
이 사실만은 잊지 말고 살아갔으면 하는 마음.

"지금의 젊은 사람들도 모두 세상을 등져서는 안 돼. 나는 항상 그렇게 생각해.
이런 시대이기 때문에 여러 가지로 힘들겠지만 모두 힘을 내야 해요.
이 아줌마가 멀리서나마 항상 응원하고 있으니까."

과거, 그렇게 말하며 격려해준 아주머니.

아주머니가 살아온 시대 또한 결코 수월하지 않았을 텐데.

그 따뜻한 말은 지금까지도 내 가슴속에서 살아 숨 쉬고 있습니다.

HAKATA, JAPAN 하카타, 일본

세계 각 나라의 굉장함을 흡수하는 것만이 아니라.

자국의 굉장함도 세계로 전해야 한다.

KAGOSHIMA, JAPAN 가고시마, 일본

"Door to the World"

전국시대를 좋아하는 아들의 강한 요청에
가고시마의 멋진 갑옷 공장을 견학시켜 주었다.

일본의 각 무장에 따른 갑옷의 제조법을 잘 아는 분의 이야기를 들으니
굉장히 재미있었다.

"갑옷의 제조법은 그 시대, 그 당시의 왕, 그 당시의 토지에 따라 전혀 달라요.
그리고 갑옷은 생명을 지키는 특별한 도구이기 때문에 갑옷의 제조법을 살펴보면
그 왕이 무엇을 소중히 여겼는지 인간성이 보이지요.
전쟁에 대한 마음을 넘어서 어떤 의미에서는 삶의 방식까지도 엿볼 수 있어
아주 재미있답니다."

'갑옷'이라는 하나의 도구를 통해 세계를 느낀다.
어쩐지 즐겁게 느껴져 두근거렸다.

갑옷뿐만 아니라 자신이 좋아하는 것이라면 뭐든 좋다.

자신이 좋아하는 것을 통해 세계를 느끼는 것.
그런 라이프 워크, 나도 시작해보고 싶다.

나라면 먼저 '세계의 술'이다.
다음은 '세계의 혁명'이나 '세계의 책'이나 '세계의 육아'와 같은 주제도
재미있을 듯하다.

당신은 무엇을 통해 세계를 느껴보고 싶나요?

OKINAWA, JAPAN 오키나와, 일본

"Tomo"

오키나와에 있는 세계 유일의 다다미 트리하우스.

급성심부전으로 세상을 떠난 내 인생 최고의 친구를 위해.
오래된 친구, 뜻이 맞는 친구들이 전국 각지에서 모여
모두가 함께 그의 꿈이었던 트리하우스를, 온 마음을 담아 만들었다.
정말로 아주 근사한 것이 완성되었다.

완성식에는 그의 부모님과 형제도 와주어서 모두가 성대한 잔치를 열었다.
천국일지 지옥일지는 모르겠지만 분명 그 녀석도 어딘가에서 지켜보며
진심으로 기뻐해줄 것이라 생각한다.

그렇게 생각하니 기쁜 나머지 또다시 눈물이 나와 버릴 것 같다.
큰일이네 요즘. 눈물샘이 느슨해진 나이인가.

오키나와에 가게 된다면
꼭 'Beach Rock Village'라는 마을에 가서
이 트리하우스를 체험하길 바란다.

뭔가 뜨거운 것을 느낄 수 있을 것이다.

OKINAWA, JAPAN 오키나와, 일본

"Full Moon, Start New Life"

보름달에 맞춰 시작하는 산호의 산란.

그것은 정말이지 굉장했다.

아름답고 섬세하며, 우주에 가득한 생명의 유대를 느끼게 해줬다.

종의 보존을 위해 가능한 멀리까지 알과 정자를 보내고자
조수의 간만이 가장 큰 대조기를 헤아린 후 시작하는 산란.

그리고 이 산호의 산란을 응원하는 사람들도
모두 멋진 아우라를 가지고 있어 기분 좋았다.

더욱이 그날은 즉흥적으로 뮤지션이 멋진 노래도 불러주어
말로는 표현할 수 없는 평화로운 밤이었다.

오키나와는 물론 세계 곳곳에 산호의 산란을 볼 수 있는 곳이 있으니까
흥미 있는 사람은 꼭 체크해보시라.

특히 아이들에게 추천.
지구의 소중함을 단순히 들려주는 것보다 백 배는 더 전해질 것이라 생각한다.

어디가 가장 즐거웠어?

딸 소라에게 물어보면 어디를 가도 항상 같은 대답이 돌아온다.

여러 가지 즐거운 장소가 있었지만…
역시 지금이 제일 즐거워!

응. 과연.

아이의 즐기는 힘에는 이길 수가 없네.

OKINAWA, JAPAN 오키나와, 일본

Ending is Beginning.

세계일주 여행도 드디어 끝.
약 4년에 걸친 여행의 마지막 만찬으로는 무엇을 먹을까?

그건 정해져 있잖아. 당연히 오키나와 소바!

만장일치로 순식간에 결정.
곧바로 우미와 소라가 어릴 때부터 들러 익숙한 나고의 소바가게 ‘가부소카 식당’으로.

출발 당시 6살과 4살이었던 우미와 소라도 세계일주를 끝낸 지금
10살과 8살이 되었다. 사진에서 보이듯 꽤 성장했죠?

아내 사카야와도, 싸움은 뭐 늘상 하지만
변함없이 사이좋게 지내며 가족 모두 큰 사고 없이
무사히 세계일주 여행을 끝낼 수 있었습니다.

내 이야기를 하자면, 여행을 하는 이유나 목적은 늘 그렇듯 딱히 없다.
여행을 끝냈을 때, ‘아- 즐거웠다. 또 가고 싶어!’ 라는 생각이 들면
그걸로 충분하다.

하나의 여행으로 뭔가가 갑자기 변하리라는 생각보다는
여행을 하며 겪었던 경험 하나하나가 앞으로 펼쳐질 인생의 모든 장면 속에서
서서히 반짝반짝 빛을 발하리라는 예감.

아-아. 가족과 함께한 세계일주도 끝이구나.

정말로 즐거웠어. 당장 다음 주에 또 떠나고 싶은 마음이다.

지키고, 보호받고.
가르치고, 배우고.
울리고, 울고.
사랑하고, 사랑하고, 사랑받고, 사랑받고.

여행을 하는 동안 가족 모두가 줄곧 함께 보낸 시간.
그것이 이 여행을 하며 가장 좋았던 점이다.

아이들은 중학생만 되어도 자연스레 부모에게서 멀어질 테고
"아-빠!"라 부르며 바싹 달라붙는 것도
이제 얼마 남지 않았다고 생각하면 조금 쓸쓸해지지만.

아빠는 지금 여기에서 선언할게.

평생 무슨 일이 있어도 너희들 편이니까.
안심하고 자유롭게 날개를 펼치렴.

사랑한다.

언제나 고마워.

당신이 있기에 나는 행복합니다.

죽을 때까지 평생 함께니까.

FAMILY GYPSY

Ayumu, Sayaka, Umi & Sora

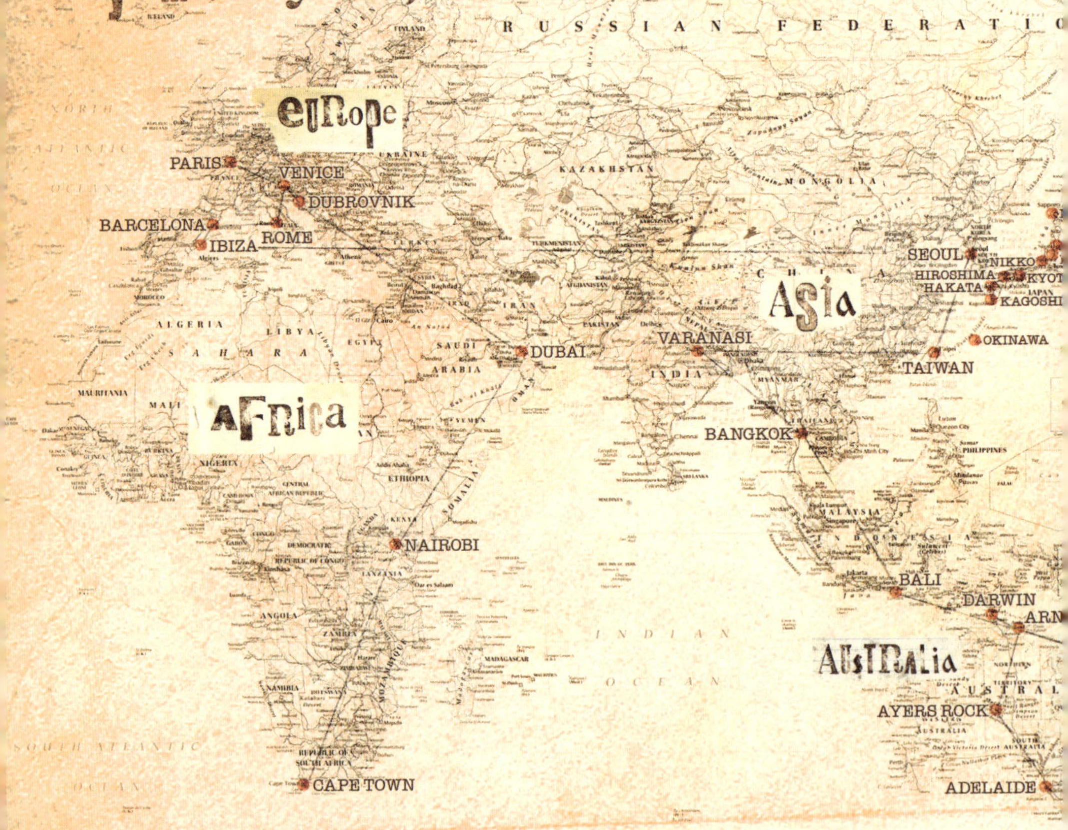

"FAMILY GYPSY"
THE WORLD JOURNEY WITH FAMILY
"2009-2013"
TAKAHASHI FAMILY
Ayumu, Sayaka, Umi, Sora Takahashi
"LIFE IS A JOURNEY WITH LOVE & FREE"

THE ARCTIC REGION
FAIRBANKS
DENALI
ANCHORAGE
WHITEHORSE
KATMAI
FORT NELSON
EDMONTON
VANCOUVER
SEATTLE
NORTH America
OREGON
NEW YORK
SAN FRANCISCO
LAS VEGAS
ARIZONA
LOS ANGELES
KENTUCKY
TEXAS
MIAMI
KEY WEST
CUBA
JAMAICA
MEXICO
OAHU
MAUI
HAWAII
Hawaii
SOUTH & CentRal America
NEW CALEDONIA
RIO DE JYA NEIRO
BUENOS AIRES
PUNTA ARENAS
USHUAIA
ANTARCTICA

Epilogue

Ayumu Takahashi

FOR

가족과 세계를 여행한다는 '비일상'이 '일상'이 되었던 지난 4년간.

'여행을 하고 있다'는 느낌보다는
'이동하며 생활하고 있다'는 인상이 강했다.

물론 호텔에 머물며 레스토랑에서 식사를 하는 때도 있었지만
대부분은 움직이는 집(캠핑카)에서 생활하거나
단기 아파트를 빌려 생활했기 때문에
일본에 있을 때와 변함없이 슈퍼에서 장을 보고, 요리하여 식사하고,
방이 더러워지면 청소하고, 설거지는 딸이 담당하고, 욕실 청소는 아들이 담당하고,
세탁물은 사야카가 널고. 이런 느낌으로 각자의 '역할'을 정하여 평범하게 생활했다.

아이들도 일반 초등학교에 다니지 않는 대신
대자연에서 대도시에 이르기까지 지구상의 다양한 교실에서
나와 아내를 중심으로 여러 인종의 선생님들과 서로 마주하며
캠프장에 있는 각국의 아이들과 놀고 때론 다투기도 하면서
굉장히 뜻 깊은 나날을 보내지 않았던가.

개인적으로도 매일 일을 하면서 다녔던 여행이었기 때문에
나름대로 바쁜 일상을 보냈지만,
보헤미안 팀을 구성하고 인터넷을 사용하여 일을 계속해 나가면서
어느덧 무사히 가족과 함께하는 세계일주를 끝낼 수 있었다.

‘전 세계 어느 곳에서든 살 수 있다고 한다면 어디에서 살고 싶어?’

세계일주를 끝낸 지금, 앞으로의 테마는 바로 ‘어디에서 살까?’

이번 여행은 한편으로는 가족이 살고 싶은 곳을 찾는 여행이기도 했기 때문에
귀국 후, 세계의 여러 도시에 대해 이야기해가며 의논하자고 생각했지만
새롭게 생활할 장소는 예상과 다르게 바로 결정되었다.

그곳은…
하와이의 시골 섬, 하와이 섬(빅아일랜드)!

여행 초반에 만난 이 섬에 반해버린 뒤로,
그 후에도 매력적인 곳은 많이 만났지만
역시 이 섬은 특별했다.

‘왜?’라고 물어도 명확한 이유는 떠오르지 않는다.
‘왠지 느낌으로’라는 말 외에는 설명이 안 된다.

귀국하자마자 이주 준비를 시작했다.
하와이에서 새로 살 집은 미리 마련해뒀기 때문에
나의 일과 관련된 문제를 포함해 모든 준비가 정리되는 대로
좋아하는 하와이 섬에서 우리 가족은 새로운 생활을 시작하려고 한다.

이 책을 끝까지 읽어줘서 고마워요.
즐거웠을까나?

4년간 쏟아진 이야기의 집대성이기도 하고
아직 다 쓰지 못한 것도 잔뜩 있지만
그것은 언젠가, 어딘가에서 만나 한잔하면서 나눌 수 있다면 정말로 좋겠네요.

앞으로의 인생.
각자의 위치에서, 그리고 기회가 있다면 꼭 함께.
즐거운 것을 마음껏 합시다!

그럼 또 지구의 어딘가에서!

다카하시 아유무
2013. 4. 11

http://www.ayumu.ch

여행을 끝내고

다카하시 사야카 Sayaka Takahashi

길고도 짧았던 가족 여행도 드디어 끝.
처음에는 아이를 데리고 여행하는 게 괜찮을까 싶은 마음에 걱정이 많았지만
어디를 가더라도 바로 적응하는 아이들의 모습에서 늠름함을 느꼈어요.
장거리 이동으로 가끔 컨디션이 나쁘거나 손이 거칠어지고 아프고…
오히려 제가 더 힘들었을 정도로 말이죠.
하지만 가족 모두가 함께 보낼 수 있었던 정말로 멋진 시간이었습니다.

세계에는 즐거운 장소가 많이 있지만 역시 알래스카에서 본 오로라,
미국의 그랜드케니언, 타이의 피피 섬, 케냐의 사파리 투어.
저에게는 그곳들이 강하게 인상에 남아있습니다.
특히 오로라는 정말로 굉장했어요.
가족 외에는 아무도 없는 고요한 공간 속에서, 이렇게 말하면 너무 요란을 떤다고
생각할지도 모르지만, 힘들게 오로라를 만난 순간은 정말 기적이었다고 생각합니다.

한편, 여러 나라의 슈퍼마켓을 구석구석 체험한 쇼핑도 매우 즐거웠어요.
외국의 슈퍼에는 일본에 없는 것이 아주 많아서 채소, 음료, 과자, 조미료를
보고 있는 것만으로도 아주 즐거웠죠.
아이들은 다른 나라의 과자는 맛이 없다며 별 흥미가 없는 듯 보였지만
저는 한나절을 있어도 좋을 만큼 두근두근 설렜던 장소였습니다.
그리고 쇼핑이라면 역시 프랑스 파리.
파리에서는 일본에서 팔고 있는 고가의 물건을 싸게 살 수 있지만, 수많은 거리의
노점에서도 세련되고 재미있는 물건을 팔아서 모든 곳에 눈이 돌아가 버릴 정도였어요.

처음에는 걱정했던 캠핑카에서의 생활도 차내 생활에 익숙해지자 금세 쾌적하게
느껴졌습니다.
나무와 풀 냄새, 기분 좋게 지저귀던 작은 새소리. 그래서 특히 아침이면 기분이 너무도
상쾌했습니다.
자연 속에서 밥을 먹고, 책을 읽으며 마음 편히 보내던 시간은
정말로 호화로운 시간이었습니다.

캠핑 중의 식사도, 차내에 나름대로 잘 갖춰진 주방과 냉장고가 있고
이동 중에는 슈퍼에 들러 채소나 고기부터 쌀과 빵, 간장, 조미료 등도 살 수 있어서
매일 바비큐는 아니어도 여러 가지 채소로 맛있고 건강한 식사를 할 수 있었습니다.
가족과 함께하는 캠핑카 여행은 기회가 되면 당장이라도 또 하고 싶을 정도로
즐거웠습니다.

엄마로서, 아내로서.
마지막으로 사랑하는 가족에게 마음을 담아 보냅니다.

소라에게

우리 소라는 이동수단에 참 강했지!
비행기, 배, 자동차, 뭐든지 잘 탔고, 장거리 이동에도 항상 활기가 넘쳤어.
피곤한 기색도 보이지 않았고 말이야. 엄마는 정말 대단하다고 생각했단다.
그러고 보니 큰 소리로 인사를 할 수 있게 되었고 조잘조잘 말도 잘하게 되었지.
여행을 시작한 게 4살이었으니까 처음에는 음식이나 병 때문에 걱정도 했었지만
그 어떤 나라에 가더라도 밥도 잘 먹고 아프지도 않아서 엄마는 참 안심했어.

세계를 거닐며 여자 둘이서 잘도 쇼핑을 다녔네.
소라와 여러 이야기를 나누면서 하는 쇼핑은 즐거웠고,
새삼 여자 아이를 낳길 잘했다는 기쁜 마음이 들었단다.
아빠와 우미에게는 비밀이지만 둘이서 맛있는 것을 먹기도 했었지.
여성스러워서 예쁘고 귀여운 것을 좋아하는 우리 소라.
마음에 드는 장신구를 발견하면 아이라고는 생각하지 못할 정도로 진지하게 고르고
선택하던 모습. 여러 가지를 볼 수 있어서 좋은 자극이 되지 않았을까.
지금은 직접 장신구를 만드는 것을 좋아하게 되었지. 정말로 솜씨 좋네, 내 딸.
엄마는 소라가 어른이 되어서도 둘이서 함께 자주 외출하고 싶어.

소라는 가족 중에서는 가장 키가 작아서 여행하는 동안
여러 가지로 힘들지 않았을까 생각했지만 대단히 잘해주었어.

응석꾸러기는 용서하지 않는다는 우리의 방침 때문에 오빠 우미와 똑같이 대했지만
열심히 잘 따라와 주었다고 엄마는 생각해.
어느 곳에 있든 열심히 노력하는 소라의 모습을 보고 아빠도 자주
"소라의 그 노력하는 얼굴이 좋아"라고 말했단다.
엄마도 같은 마음이야. 정말 사랑스러운걸.
이 여행으로 우리 소라는 정말로 강해졌다고 생각해.
이제 곧 해외에서 생활하게 될 텐데, 언어 문제 등 힘든 일이 많을 테지만
노력파 소라라면 분명 잘해낼 수 있을 거야!

우미에게

우미는 오빠라서 항상 소라를 잘 챙겨주었지.
둘이서 함께 무언가를 만들 때에도 잘 가르쳐주었고 말이야.
가끔은 괴롭히기도 했지만 사실은 정말 따뜻하게 동생을 돌볼 줄 아는 좋은 오빠.
그래서 소라도 우미를 좋아하고, 뭐든 따라하고 있잖아.
둘이서 사이좋게 노는 모습을 보면 엄마는 늘 따뜻한 기분이 든단다.

손재주가 좋아 만들기를 잘하는 우미는 캠프에서 직접 텐트를 치기도 하고,
스스로 생각하고 그린 그림이 굉장히 훌륭해서 신기한 발상을 하는구나 하고 생각했단다.
캠핑 중에 자주 만지던 레고도, 배나 건물을 뚝딱뚝딱 만들어서 정말 멋졌어.
낚시도 잘하게 돼서 깜짝 놀랐어. 열심히 잡은 물고기를 내밀며 던진 한마디,
'맛있으니까 먹으세요!' 우미가 잡은 물고기는 정말로 맛있었단다.

노력파 우미는 호되게 가르치는 아빠 때문에
울면서도 나무에 오르고, 자전거를 타고, 야구를 배우는 등 여러 특훈을 거쳤네.
남자 아이에게 있어서 끝까지 책임지는 근성이나 진검승부를 하는 자세는 중요하단다.
그래서 엄마는 잠자코 있었지만 결국 멋지게 해내는 모습을 보면서 정말로 기뻤어.
몇 번이고 계속 실패하면서도 포기하지 않고 노력하는 우미의 모습을
엄마는 기억하고 있어.

여행을 시작할 때가 6살이었는데 벌써 10살이 되어 어느새 몸도 훌쩍 커서는
무거운 것도 들어주고 마사지도 해주고 정말 멋있는 남자 아이가 되었네.
언제부턴가 엄마와 손을 잡으려 하지 않거나 말대답을 하고,
성장한 만큼 조금 쓸쓸함도 생겼지만…
남자 아이인데 마마보이가 되는 것도 조금은 곤란하니까
성장하는 그 과정을 기쁘게 생각해.

앞으로도 성장해가면서 조금씩 엄마에게서 멀어지겠지.
네 자신이 하고 싶다고 생각한 것을 열심히 노력하며 즐거운 인생을 걸어가길 바란단다.
그런 우미를 지키며 엄마는 계속 응원할게.
앞으로도 즐거웠던 일, 기뻤던 일, 분했던 일, 고민하고 있는 일 등
무엇이든 지금처럼 엄마에게 이야기해주면 좋겠구나.

끝으로 아유무에게

아유무에게는 전하고 싶은 말이 아주 많지만, 한마디로 말하면 '고마워요'.
이번 여행은 정말로 매일 힘들었을 거야.
일을 하는 동시에 항공권·숙소를 예약하고, 무슨 일을 할 때마다 영어라서 통역하고,
외국인과의 소통은 물론 장거리 운전 등 지금 생각하면 부탁만 했었네.
아유무는 힘든 걸 표정으로 내보이지 않으니까 내가 둔감해졌던 것일지도 몰라.
빈둥빈둥하게 보내지 말고 조금 더 도와줄 걸, 하는 미안한 마음이 드네.
지금에서야 미안하다고 말하긴 뭐하지만 가족이 즐거운 여행을 할 수 있었던 건
모두 당신 덕분이야. 고마워.

10년 전 단 둘이 떠났던 세계 여행과 이번에 아이들이 함께한 세계 여행은 느낌이 달랐어.
둘이서 여행할 때는 여러 가지로 편했지만 아이들과의 여행은 그렇지가 않았지.
걱정도, 신경 쓰는 것도, 하고 싶은 것도, 짐도, 예산도, 모든 게 4인분이니까.
하지만 당신은 늘 활기차고 밝아서 우리 셋에게는 의지가 되고 믿음직한 존재였어.

일본에 있을 때에는 당신이 일 때문에 바빠서 좀처럼 가족과의 시간을 낼 수 없었는데
여행 덕분에 함께 보내는 시간이 많아져서 기뻤어.
아이들도 마음껏 아빠와 놀고 이야기하고 싸우고 여러 가지 함께 조사하면서
느긋하게 보내는 시간이 있어서 굉장히 즐거워했어.
아이들은 줄곧 곁에서 당신이 하는 일을 보며 분명 아빠를 존경하는 마음이 들었을 거야.
언제나 상냥하게, 무슨 일이든 기필코 해결하는 강한 아빠.
가끔씩은 이 엄마에게도 조금 더 상냥하게 대해주길 바랄 때도 있었지만!

아유무는 언제나 가족의 한가운데에 존재하는 큰 나무.
자신보다도 가족의 일을 생각해주는 사람.
어디를 가도 한결같았어.
둘이서 이따금씩 싸우기도 했지만 그런 것은 사소하게 여기며 금세 잊어버렸어.
여러 면에서 지금도 정말로 감사하고 있어. 고마워요.

나는 지금의 이 가족과 함께 여행할 수 있어서 정말로 행복해.
세계를 여행하며 함께 보내온 시간은 일생의 보물이에요.

이제는 하와이 섬에 집을 구했으니까 이동하지 않게 되는 만큼 조금은 안정되려나?
언제까지고 가족이 건강하고 즐겁게 생활할 수 있도록…
아이들은 순식간에 성장해서 자신들의 길을 나아가리라 생각하지만
당신과는 앞으로의 일생도 줄곧 함께할 테니까 남은 인생을
둘이서 즐겁게 살아갈 수 있으면 좋겠어.

우선은 아이들에게 지지 않도록
하와이 생활을 위해 영어 공부 열심히 할게!

사야카 2013.4.15

FAMILY GYPSY

1판 1쇄 발행 | 2014년 7월 11일
1판 2쇄 발행 | 2014년 9월 5일

지은이 | 다카하시 아유무
옮긴이 | 최윤영
펴낸이 | 하라다 에이지
펴낸곳 | (주)에이지이십일
도운이 | 이동희 정혜지 권상문 권순민

출판등록 | 제2-4473호(2004. 1. 20)
주소 | 서울시 마포구 성미산로2길 33 성광빌딩 202호 (121-896)
전화 | 02-6933-6500 팩스 | 02-6933-6505
홈페이지 | www.eiji21.com
이메일 | book@eiji21.com
ISBN 978-89-98342-13-5 13830

Image © 다카하시 아유무, 사야카, 우미, 소라, 나카가와 히로노리(P 150, 152, 304, 306)
©iStockphoto.com/small_frog(cover), ©iStockphoto.com/Nikada, ©iStockphoto.com/studiocasper,
©iStockphoto.com/Pomidorisgogo, ©iStockphoto.com/tuja66, ©iStockphoto.com/crossroadscreative,
©iStockphoto.com/zbruch, ©iStockphoto.com/blue_iq, ©iStockphoto.com/Dvougao